El último día de la vida anterior

Andrés Barba

El último día
de la vida anterior

EDITORIAL ANAGRAMA
BARCELONA

Ilustración: «Eura 1», Alejandro Bombín, 2015

Primera edición: febrero 2023

Diseño de la colección: Julio Vivas y Estudio A

© Andrés Barba, 2023
CASANOVAS & LYNCH AGENCIA LITERARIA, S. L.
info@casanovaslynch.com

© EDITORIAL ANAGRAMA, S. A., 2023
Pau Claris, 172
08037 Barcelona

ISBN: 978-84-339-0177-4
Depósito legal: B. 19949-2022

Printed in Spain

Romanyà Valls, S. A., Sant Joan Baptista, 35
08789 La Torre de Claramunt

Para Charo, que llegó en el momento preciso

–¿Cuánto tiempo es para siempre? –preguntó Alicia.
–A veces solo un segundo –respondió el Conejo Blanco.

Lewis Carroll

Uno

Sucede así: ve al niño el primer día de venta de la casa, mientras limpia la cocina entre las visitas de dos clientes. Abre el grifo para aclarar el trapo y, al cerrarlo y darse la vuelta, se lo encuentra en una de las sillas. Tiene unos siete años, aspecto embobado y un uniforme de escuela marrón. No es una entelequia, sino un cuerpo tan real como la balda o el fregadero. A primera vista le produce el leve rechazo que siempre le ha producido la gente rica; ese aire teatral, de figurín, aunque suavizado por la infancia. Las manos reposan sobre las rodillas y lleva unos botines negros, sin calcetines, el flequillo le cae sobre la frente con una pulcritud distante. Parece un ladrón, un ladrón pequeño cuyo ideal secreto fuera ser admitido, pero no hace ningún intento por parecer simpático, ni por disculparse. Tras la primera sorpresa, sin poder determinar qué tiene de extraño, se concentra en su mirada. El niño parece tan familiarizado con el espacio que resulta absurdo preguntarle de dónde ha salido, es una emanación natural

13

de las paredes, de ese aire repleto de polvo dorado en suspensión. Ni siquiera se mueve, como si esperara la merienda desde un tiempo remoto. Por su parte, ella no siente ningún miedo, solo un leve estremecimiento. Un abejorro de verano golpea el cristal desde el interior y durante unos segundos eso es lo único que ocurre: la insistencia del abejorro, la cocina vacía de una casa vacía, la sorpresa de una agente inmobiliaria de treinta y seis años ante un niño de siete que la observa. Un niño, lo descubre ahora, que no ha pestañeado una sola vez. Piensa que es una señal de que esta casa no se venderá nunca. Es como ese niño: demasiado refinada y poco práctica, una casa para ese tipo de ricos de mediados del siglo XX que privilegiaban la arquitectura racionalista sobre la comodidad y la ostentación. Hoy nadie estaría dispuesto a pagar tanto dinero por una casa que ni es cómoda ni muestra abiertamente el dinero que vale. Se lo dijo a su jefe de la inmobiliaria la primera vez que se la enseñó, que la casa era un hueso, que se iban a pasar meses enseñándola a estudiantes de arquitectura y al final la iban a dar por imposible. Ahora, tras una semana arreglando las dos plantas, el garaje y el jardín, estudiándose el dosier del arquitecto y dando instrucciones a los pintores para que la dejen impecable, esto. Casi está a punto de echarse a reír, pero hay algo en la mirada del niño que se lo impide. No es solo el anacronismo de su ropa; el hecho de que no pestañee le da a su mirada una condición neutralizante, como si todo lo que captaran esos ojos quedara inmediatamente impregnado de algo desnudo, reducido a un esquema elemental. Y sin embargo no es siniestro, aunque podría serlo, como un muñeco demasiado realista no es siniestro cuando se lo confunde con lo que parece pero sí cuando se descubre lo que es. Su misma presencia, a pesar de ser sólida, tiene algo inestable. También sus sentimientos hacia él son inestables. Es la primera vez que le ocurre algo así y, paradójicamente, no le produce la inquietud que había imaginado. Durante años, en otras casas, la sensación de ser observada a veces la ha llevado a caminar con el corazón en la boca hacia la salida, ahora este niño la mira sin pestañear y ella no siente ningún temor, solo un vago rechazo por sus privilegios.

–¿Qué quieres? –le dice. Y como el niño no contesta, vuelve a preguntarle, casi de mal humor–: ¿Qué quieres?

Entonces él hace ademán de levantarse y ella da un paso atrás. Todavía tiene en las manos los guantes de goma con los que ha repasado la cocina y eso le da un aspecto entre oficinista y empleada del hogar que hace sonreír al niño, o eso le parece a ella.

–Escucha –continúa un poco absurdamente, como si hablara a un perro–, no puedes estar aquí, ¿entiendes? Van a venir unas personas.

Piensa que tal vez, aunque lo está viendo, la distancia entre los dos es infinita, y eso le produce cierto alivio. Hay tantas formas de no responsabilizarse que esa no parece la peor de todas. Y sin embargo el niño sí reacciona. Se incorpora y alza la mano para despedirse. Ella hace lo mismo. Y en ese último instante, en el breve intervalo en que se da la vuelta y sale hacia el pasillo y ya no lo ve más, a ella le parece que en ese cuerpo diminuto hay una angustia animal, una angustia casi insoportable.

Nunca le ha gustado indagar, husmear, pedir explicaciones. Le gusta su trabajo en la inmobiliaria y
poco más. Es una especie de don, igual que otras personas tienen el de hacer un deporte o una destreza
musical. Desde muy joven, percibe las casas como en
un reflejo automatizado, sabe cómo son al instante, con
solo poner un pie en ellas. Donde para la mayoría de
la gente no hay más que cemento o ladrillo, para ella
hay cuerpos, caracteres, una carne íntima y moldeable.
Y sin embargo, a diferencia de las casas, las personas
que viven en ellas le parecen casi siempre irreales, sus
sentimientos y rostros, inaccesibles. Tal vez, ha llegado
a pensar, las casas son solo un pretexto, un puente para
tocar aquello que no puede tocar en las personas. No
sabe. Solo sabe que le gustan, que se le da bien arre-
glarlas, venderlas, alquilarlas, que se siente como un
puente entre seres que no se conocen y se buscan. En
ese espacio, mejor o peor, ha encontrado su lugar en el
mundo. No se pregunta más. Al fin y al cabo, no ser

17

emotiva es lo que favorece que ellos lo sean. Tampoco sufre demasiado por lo que no puede tener. Bajo esa fachada, se ha resignado a una insensibilidad más o menos congénita. Medio en serio, medio en broma, se dice que su propio carácter es un poco como esas mentiras lavadas de los anuncios por palabras: «impecable», «luminosísimo», «recién reformado», esas expresiones ante las que solo vale la credulidad o el cinismo y que, de hecho, se confirman como ciertas o falsas, más que por la luminosidad real o la reforma más o menos patente, por el deseo de que haya luz, de que esté todo por estrenar. En última instancia, afirma a veces, todo es cuestión de deseo. Quien busca una casa solo ve lo que quiere ver.

Quizá por eso le descoloca tanto el episodio del niño. ¿Qué se supone que debe hacer con esa energía irresuelta? Durante años el miedo de que sucediera algo así ha funcionado en ella como un reclutamiento del deseo, ahora la realidad es casi un agravio.

Ha estado tentada de contárselo a su jefe cuando pasó por la inmobiliaria para dejar las llaves del día, y también ahora, al llegar a casa, siente el deseo de contárselo al hombre con el que vive, pero no lo hace. Repetirse mentalmente que ha visto a un niño que no pestañeaba en una casa vacía tiene el aire de la corroboración, pero también la insistencia en lo que no se ha producido. El niño no ha vuelto a aparecer después, aunque ella lo ha esperado durante las casi tres horas que ha pasado allí. Tal vez por eso, cuando el hombre con el que vive le pregunta cómo le ha ido el día, ella opta finalmente por decir que normal, y le habla luego de la casa, una casa para ese tipo de ricos de mediados del siglo XX que privilegiaban la arquitectura sobre la comodidad y la ostentación, y que hoy nadie estaría dispuesto a pagar tanto dinero por una casa que ni es cómoda ni muestra abiertamente el dinero que vale. A continuación, y a pesar de que niega en parte lo que acaba de afirmar, asegura que hoy mismo la han visitado dos parejas y que, aunque una la ha descartado casi al instante, la otra no es del todo improbable que la compre.

Ha visto la dinámica tantas veces que casi le hace sonreír: una o uno es fuerte, el otro o la otra, más débil, uno insiste, el otro resiste. Al final alguien gana, casi nunca el previsible, casi siempre el más lógico. El hombre con el que vive le pregunta cómo es la disposición y ella contesta que tiene casi trescientos metros cuadrados en dos alturas, cuatro habitaciones, tres baños, un comedor y una biblioteca, y hasta un jardín trasero con una pequeña piscina. Eso sí, la planta es tan enrevesada que se necesita espacio se esté donde se esté. Por no hablar de la luz, que por algún motivo parece inexistente a pesar de la cantidad de cristaleras.

Lo piensa ahora por primera vez. Siempre le pasa lo mismo; tiene la sensación de que comprende las cosas cuando las explica. Entiende ahora que esa casa se hace amable al recorrerla, pero no al detenerse. Y luego, cuando acaba de decirlo, piensa de nuevo en el niño, en esos ojos de pestañas inmóviles, en cómo salió de la cocina y se dio la vuelta hacia el pasillo, exactamente como lo haría alguien que se dispone a hacer un recorrido habitual, repetido infinitas veces, sin descanso.

—Entiendo —dice el hombre con el que vive.

Ella asiente, mirándolo, y piensa que en realidad tampoco había nada que entender, pero él sonríe y ella sonríe de vuelta. No le quiere, pero así es como le quiere. El hombre con el que vive es grande, tal vez demasiado. Ella se sintió atraída por él cuando lo conoció hace dos años, el día que le enseñó esta casa en la que han acabado viviendo juntos. Le agradó su cuerpo, y también que su corazón estuviese exhausto de otro compromiso, su mezcla entre funcionario de la educación y su espíritu sentimental. Cuando empezaron a salir, casi lo único que sabía de él era que trabajaba como profesor de Biología en la Facultad, que había escrito un libro sobre el imprevisible tema de los hongos. Después de mostrarle la casa, el hombre la invitó a tomar algo y ella sintió que acabarían viviendo juntos. Él habló de hongos con nombres imposibles de retener, *Crepidotus, Mycena interrupta, Marasmius,* y le enseñó en el móvil fotografías de unas criaturas de otro mundo, bellas y siniestras como accidentes dérmicos, ella pensó que en su interior todo se movía con lentitud.

Al principio quererle fue casi un reflejo. Por primera vez en su vida se decidió a hacer lo que se suponía que debía hacer, solo para comprobar si a continuación sentía lo que se suponía que debía sentir. Daba por descontado que le dejaría más tarde o más temprano, y que él sufriría, y tal vez también ella, pero de una manera indulgente. Le gustaba su erudición y el dolor de su matrimonio previo, que había dejado en él una dureza herida. Le intrigaba saber hasta qué punto ella podía penetrar ese hueso. Y algo más: ella nunca había convivido con nadie. Él parecía la persona ideal para fracasar en ese intento. Luego, contra todo pronóstico, la convivencia fue suave, punteada por momentos de holgazanería. El hombre con el que vive, al igual que los hongos que estudia, ha ido desplegando lentamente sus esporas, que han resultado ser delicadas, y ella se ha acomodado. Cuando se mete en la cama, siente cómo el peso hunde el somier y el hombre apaga la luz. En la oscuridad, lo recuerda mejor: el niño. El uniforme no parece exactamente marrón, sino beige, el pelo no exactamente negro, sino castaño. Parece un poco relleno, pero con un sobrepeso cordial y desacomplejado. Bajo el flequillo los ojos resultan más pequeños de lo habitual, demasiado sensibles a la luz. No hay en él ningún signo de timidez, más bien una especie de curiosidad. Y también algo desplazado en cómo la mira o, más bien, en la forma en que su mirada recorre su cuerpo sin pestañear, cristalizada, recopilando por partes todos sus rasgos.

–Hoy he visto a un niño en la casa –susurra.

El hombre con el que vive no se mueve en la oscuridad.

–¿Y? –pregunta, tras unos segundos.

–Nada.

–¿Has visto a un niño en la casa y nada?

–Sí –responde ella.

Y cuando el hombre se da la vuelta, ella ve dos pozos acuosos con un leve resplandor desconcertado. Un segundo después se ríe a carcajadas. Y ella se ríe también. De alivio. De que él esté allí. Pero sobre todo: de no haber hablado todavía.

Al día siguiente va a las ocho de la mañana a recoger las llaves a la inmobiliaria. Normalmente llega un poco antes que sus compañeros, se sienta junto a la máquina de café y repasa en el móvil las visitas del día, escribe mensajes para confirmar con las parejas que van a ir a visitar las casas, se hace un plan mental de cuánto tardará en trasladarse de un lugar a otro, si le dará tiempo a comer o tendrá que engullir un sándwich en el camino, si el perro del jefe, que se pasa el día en el baño de la inmobiliaria, porque es demasiado viejo y está demasiado enfermo, la dejará trabajar con sus gemidos.

Un día de trabajo es algo que debe ser domesticado. A veces come en las casas que está vendiendo, sentada en el suelo, imaginando la vida que se produjo allí. Para ella la voluptuosidad de los lugares es un tema muy serio, casi lo único serio en realidad. Piensa en las casas de un modo superior al de las personas que las habitan. Al fin y al cabo, no es tanto una cuestión de existir, como de perseverar en la existencia. Las casas –le gusta añadir a veces– deben de reírse de la ilusión de que sus dueños las poseen. Nada se lo recuerda tanto como el hecho de estar ahí en esos momentos en que han quedado vacías, cuando los inquilinos acaban de marcharse pero su vida reverbera todavía y las sombras aún muestran dónde colgaban los cuadros o reposaban los muebles, qué lado estaba más transitado en el pasillo, qué azulejo del baño se caía a perpetuidad. Le basta asomarse al dormitorio para saber qué lado de la cama recibía siempre el sol al amanecer, entrar en una casa para percibir algo ofuscado en ese recibidor que, sin embargo, es necesario cruzar para entrar en la cocina. Allí vivió alguien infeliz, ¿por qué? Porque el parqué no está quemado bajo la ventana del salón, señal de que nadie abrió esa cortina. Allí vivió alguien dichoso, ¿por qué? Porque se cocinó primorosamente en ese horno gastado. Puede que se equivoque, no importa demasiado. Lo importante es que, incapaz como es para tocar a las personas en su vida real, las toca en esos estadios intermedios; en los restos de un olor, en las paredes donde se dejó los ojos un opositor, en el baño en que lloró la adolescente, en la sombra en que se apoyó una cabeza al dormir durante años. Y cuando siente esas vidas, ni siquiera prueba el deseo de hacerlas durar. Minúsculas como la suya, le agradaba esa confabulación particular de contingencias. Siente que basta ese roce.

Pero esta mañana comienza también con una transgresión. Antes de la ronda de visitas, se acerca a un cerrajero y hace una copia de las llaves de la casa del niño. Nunca ha hecho algo así. Siempre se ha tenido por inquebrantablemente honesta. A pesar de que las mordidas, los pagos en B, los chivatazos son gajes naturales de su oficio, su abstinencia de caer en ellos tiene algo de sospechoso. Del mismo modo que el perdón es un gesto más soberano que el castigo, a veces le parece que en ella la honestidad esconde un vicio más censurable que la codicia. Ahora, al ver cómo el cerrajero hace la copia en ese aparato que le ha fascinado toda la vida y que rebana la matriz de la llave genérica con la que se empareja a su lado, se da cuenta de que la honestidad también ha sido para ella una especie de carencia, como la que impone esa llave rígida a la otra sin formar. Su jefe siempre afirma que ella es la única persona absolutamente honesta que conoce. Más aún, lo repite a veces en un tono grave, otras levemente burlón. Y aunque por lo general le gusta, ahora le parece una especie de insulto, como si ser honesta supusiera inevitablemente una falta de impulso vital. Cuando le dan la copia siente el vértigo de tener en la mano algo que ha nacido solo para estar oculto. Todavía indecisa, antes de pagar, coge cada una de las llaves y la cierra en un puño. Luego repasa con la punta del pulgar la cordillera diminuta de la copia.

Regresa por primera vez esa misma tarde, cuando una pareja de señoras cancela una visita y se ve con una hora libre. Son las seis y cuarto y está sola en la inmobiliaria. En el cuarto de baño se oyen los gemidos del perro y al pasar a su lado le hace una caricia distraída, más que por afecto, para que deje de gemir. Luego coge un taxi y da la dirección de la casa. A veces le ocurre; el exceso de celo en los detalles le impide ver la totalidad más elemental. Bien mirado, el frontal parece una cara achatada, no lo había sentido así la primera vez. Al entrar descubre que hay más luz que por las mañanas, una luz que favorece el espacio e ilumina los pasillos, y también el cuarto de estar gracias a la cristalera que da al jardín. La casa parece ahora más hermosa y severa. En la biblioteca y los dormitorios de la segunda planta, hay un lucernario semitransparente que genera una iluminación oriental, blanca y sin centro, como filtrada por un papel de arroz. La elegancia se revela tanto más cuanto menos perceptible resulta para una mirada distraída. Todo huele a pintura fresca. Piensa ahora justo lo contrario de lo que pensó la primera vez: que el arquitecto que diseñó esta casa amaba la luz, *esta luz*.

Se repite también, durante esos minutos, la sensación de tránsito, como un arroyo liviano pero permanente que hubiese marcado una roca a lo largo de muchos años. Sale del dormitorio y por algún motivo sabe hacia dónde se tiene que dirigir. Sabe que no debe bajar directamente las escaleras, sino pasar por el segundo dormitorio y luego por el baño. Es como si la propia casa la empujara silenciosamente, de un lugar a otro, de un dormitorio al siguiente, pasando luego por la biblioteca para, más tarde, abandonarla a su rumbo. ¿Es ese el recorrido que hace el niño? No sabe.

Durante todo ese tiempo dilata el momento de regresar a la cocina. Lo hace al fin. Con un poco de temor, pero también con alivio, porque si no es para ver al niño, ¿para qué ha vuelto aquí? Y, como hace siempre que está a punto de hablar con un cliente, proyecta una conversación mental sobre el barrio o la casa, una conversación que le ofrezca cierto margen y, sobre todo, información.

Antes de entrar en la cocina oye un pequeño ruido en el interior. Respira hondo. Le dirá, decide, algo sencillo. Cómo te llamas. Y luego añadirá, no importa lo que conteste, que es un bonito nombre. Y le preguntará también si vive aquí, en esta casa. Eso es lo que le preguntará.

Pero cuando entra en la cocina no ve al niño.

Se ve a sí misma.

No es una entelequia, sino un cuerpo sólido, tan real como la balda o el fregadero. Es ella misma, está de espaldas y lleva el mismo vestido que llevaba el día anterior. Repite también los movimientos que hizo al limpiar, ese pequeño baile con la cadera. Al verse de espaldas siente un escalofrío, pero todavía pasan unos segundos hasta que el reflejo se da la vuelta y entonces el susto la obliga a dar unos pasos atrás, arrastrando una de las sillas. Durante un espacio milimétrico se parece a una sensación que tuvo hace años, cuando se le salió el coche en una carretera comarcal y dio dos bandazos hasta acabar de costado en la cuneta: una lucidez intensa en la que sus sentidos corregían en todo momento la percepción de la realidad. La sensación es tan poderosa que da la impresión de que esa mujer junto al fregadero, esa mujer idéntica a sí misma, es, también, luminosa, pero enseguida recupera su aspecto común. Sabe que se atrinchera agarrando torpemente una de las sillas, porque luego descubre un moratón en el brazo que solo puede responder a la velocidad instintiva con la que el cuerpo se protege. Escucha la pregunta:

–¿Qué quieres?

Y como, de puro asombro de verse, es incapaz de contestar, el reflejo pregunta de nuevo, mirando en la distancia:

–¿Qué quieres?

Hay un silencio.

–Escucha –continúa–, no puedes estar aquí, ¿entiendes? Van a venir unas personas.

Tiene una voz rígida, pero a la vez extrañamente tranquila. Luego mira fijamente hacia la puerta, y ella comprende lo que el reflejo está a punto de hacer, porque recuerda lo que hizo ella la otra tarde: se despide con la mano y se queda mirando a lo lejos. A continuación, se da la vuelta y vuelve a limpiar.

Entonces comienza de nuevo.

Está limpiando ¿cuánto? ¿Unos segundos? Parece un tiempo sin fin. Vuelve a ver ese curioso baile de la cadera, pero ahora ya no le parece tan ridículo. No es, evidentemente, la primera vez que se ve. Se ha visto muchas veces de espaldas, reflejada en espejos, en filmaciones, en fotografías, pero el mero volumen, la carnalidad de esa figura, lleva la sensación a un lugar inédito. Es como si estuviera condensado, como si fuera dos o tres cuerpos posibles, no en el futuro, sino en un presente simultáneo. Pasada esa primera desconfianza, el efecto es de elegancia, una elegancia equívoca que brota de la sospecha permanente de que es solo un error. Luego, cuando el reflejo vuelve a mirarla, le parece no ver nada, nada que no sea esa cara que recono-

28

ce todas las mañanas en el espejo, esos labios pintados, con las comisuras levemente caídas, y tras ellos esa nariz tal vez demasiado grande, y tras ella esos ojos marrones, casi negros, y más allá ese pelo castaño recogido, y esa seguridad nerviosa, un poco hostil, que encoge instintivamente los hombros. Parece más corpulenta de lo que creía. Ver su cuerpo en vivo es semejante a ver un cuadro famoso en la vida real: los colores no son iguales, la textura es levemente distinta, pero sobre todo su halo está allí, emanando de la materia. Entonces es así, se dice con el corazón latiéndole en los oídos, así es ella para los demás.

—¿Qué quieres? —dice el reflejo, y ella vuelve a sentir el zumbido—. ¿Qué quieres?

Poco a poco el tiempo real se acomoda al tiempo sanguíneo. Es capaz de recuperar los sentimientos que tal vez cruzan el cerebro de ese reflejo; piensa que está viendo a un niño, un niño que debería estar a la altura de la silla que ella acaba de mover. Sabe que no sabe cómo reaccionar, que está asombrada de no tener miedo. Un mechón de pelo le ha cruzado el rostro y ha quedado en la comisura de la boca y, en un momento dado, el reflejo se lleva la mano hasta allí y se lo recoge tras la oreja. No recordaba haber hecho ese gesto. Verlo le produce una sensación curiosa, como si lo hubiese utilizado precisamente para recomponerse y, tras él, algo se hubiese vuelto más amable en su rostro.

—Escucha —continúa—, no puedes estar aquí, ¿entiendes? Van a venir unas personas.

Y también cambia el tono de voz, hasta que sonríe. ¿Sonríe? O al menos suaviza el tono cuando —recuerda—

29

el niño obedece y se levanta y saluda con la mano. ¿Es de desconcierto o de culpabilidad esa mirada con la que se queda mirando hacia la puerta? No sabe. Solo sabe que la tercera vez que el reflejo se da la vuelta hacia el fregadero y se pone a limpiar con el mismo temblor en la cadera, ella tiene tiempo para mover también la silla, y sentarse calculando la posición en la que debió de estar el niño cuando lo vio por primera vez, junto a la puerta.

Ya no hay miedo. En su lugar, ha quedado solo una sensación electrizada y una intención: la de que esta vez la mire directamente a la cara.

De modo que trata de recuperar el aliento y a continuación se sienta.

Se sienta y espera.

Sale de la casa temblando. Qué raro es todo. Las calles. Las personas. Le parece que flota en algo denso y muy cálido, que cuando abre los ojos ya no ve el mundo, sino algo corrido apenas unos centímetros, algo gelatinoso, multicolor, que cubre toda la superficie hasta donde alcanza la vista. Hacía mucho que no se sentía tan vulnerable. Como si sintiera el peligro solo ahora que ha terminado, el reflejo parece haberse vuelto hostil justo cuando ha dejado de verlo. Para un taxi y se encoge en el asiento trasero con la mirada perdida en las calles. Apenas piensa en el niño. Se lo dice despacio: *Esa escena de la casa se repetirá.* Se repetirá el baile de la cadera y la forma brusca de darse la vuelta, y el qué quieres, qué quieres, y el no puedes estar aquí. Piensa en cosas dislocadas: *Podría tocarme. Podría repetir la escena, coordinar mis movimientos con los del reflejo.* Ella, que nunca ha sentido la tentación de la vanidad, siente de pronto su misterio. ¿Y ese tono de voz? ¿Es así como le habla a la gente? ¿Asustó al niño

31

el otro día? Se mira en el espejo retrovisor del taxi y luego, de cerca, en la ventanilla. Saca el móvil y abre el archivo de fotografías. ¿Es de verdad esa persona que se repite en bucle en la cocina la misma que está en el campo, que come y sonríe junto al hombre con el que vive, la que posa junto a la amiga de la infancia o junto al padre? Hasta ahora estaba convencida de que era así, pero ¿qué es una convicción? No es más que un pensamiento que se detiene.

Al ver al padre en las fotografías le entran unas ganas nerviosas de estar con él. No quiere pensar más en la casa. O tal vez necesita contarlo cuanto antes, decir lo que ha visto. Podría arrojar todo eso en el agujero sin fondo del padre. El deseo es demasiado tentador, así que le dice al taxista que se detenga, le da la dirección de la infancia y el taxista chasquea la lengua y cambia de rumbo sin decir nada. Piensa que le dará una sorpresa, a él, a quien no le gustan particularmente las sorpresas. Desde que se marchó la madre, hace ya más años de los que pueden recordar los dos, el padre es el único lugar habitable, pero un lugar del que desea huir todo el tiempo. Regresar al barrio de la infancia es, por otra parte, una sensación siempre idéntica, como asistir desde la ventanilla a un mundo acuático.

En el telefonillo la voz del padre suena neutra, a pesar de que llevan casi tres semanas sin verse.

–Sube –dice con sequedad.

Y ella sube las escaleras de dos en dos, como hacía siempre, pero cuando llega a la puerta se arrepiente de haber corrido. Luego, al entrar, se da cuenta de que estaba a punto de salir y, al llegar ella, le ha obligado a quedarse. Eso le ha contrariado.

—¿Quieres que salgamos? —pregunta ella.

—No, ¿para qué?

A veces se quedan así, separados por un malentendido menor, y les cuesta un poco recomponerse. Cuando era niña en esas situaciones bajaban a la peluquería, que estaba a apenas dos manzanas de casa, y ella le pedía que le lavara el pelo. Un padre peluquero producía entonces un extraño pudor, como un eunuco, pero en la intimidad ese pudor se convertía en privilegio. Con la mirada fija en el espejo, las puntas de los dedos firmemente apoyadas en el cráneo, las manos del padre adquirían una tensión rígida y al hundirse en el pelo parecían traspasar el cráneo y tocar un inquietante centro de placer.

En sus buenos tiempos el padre tenía toda una corte de mujeres dispuestas a esperar turno durante semanas. Para ella, sin embargo, la peluquería y luego salón de belleza tenía la condición de un lugar donde se ocultaba una vergüenza. A veces, cuando regresaba del colegio iba directamente allí y se encerraba en el almacén de los tintes para hacer los deberes. Si se aburría, abría el cubo de la basura y hundía las manos en la masa caliente de pelo que se había cortado durante toda la jornada y de la que subía un aroma entre grasa y perfume. Le repugnaba y fascinaba aquella masa. Como la ropa interior, los secretos, las encías ajenas.

La peluquería era también el lugar de los acontecimientos límite, las renovaciones. Estaban, por ejemplo, «las pelucas», como las llamaba su padre, aquellas muchachas pobres, casi siempre gitanas, que iban a que les pagaran la melena y a quienes había que ir cortando el pelo en pequeños mechones que su madre ataba cuidadosamente con cordones de hilo. El pelo como materia de lujo, crecido en una cabeza joven, grandes crines negras vendidas a precio de oro. Las pelucas producían siempre una vaga inquietud en el salón. Interrumpían las conversaciones, entraban como caballos y salían como muchachos, con una mirada desafiante. Y estaba también la gran actriz. El día que entró la gran actriz para hacerse un arreglo porque estaban rodando un anuncio a unas manzanas y la estilista no había aparecido. Tiempo suficiente para que su madre corriera a casa a por la cámara y le hiciera una foto en el mismo sillón en el que atendía su padre. Aquí estuvo *ella,* decía la fotografía, ahí, donde está *usted.*

–Estás pálida, ¿te pasa algo?

–No sé.

Como casi siempre, la casa la desanima, pero le conmueven los esfuerzos del padre por recuperar el humor. La casa del padre con su mueble sin libros y su cuadro de la muchacha con el gallo, con su colección de DVD, y su teléfono inalámbrico, esa arqueología tecnológica. Ahora le avergüenza haber sentido pudor. Es como si en los afectos, igual que en los cuerpos, hubiera distintas etapas de movilidad y no se pudiera llegar a una sin haber cruzado la anterior.

–¿Quieres quedarte a cenar?

–Sí, ¿por qué no?

–¿Por qué no? –sonríe él, y ella vuelve a sentir un pinchazo. Luego saca el móvil y escribe un mensaje al hombre con el que vive. Le dice que está con el padre y que va a quedarse a cenar. En la cocina deciden casi sin hablar hacer la pasta que a ella le gusta. Cocinar es una coreografía. Los dos vuelven a sentirse cómodos y, al poco rato, ella le pregunta directamente:

–¿Has visto un fantasma alguna vez?

–Un poco pronto para hablar de tu madre. Ella se ríe ahora. Se ríe por los dos. Luego el tema de la madre se rodea, igual que la lluvia, igual que el nombre de la ciudad en la que lleva viviendo casi una década con su nuevo marido.

–Un fantasma de verdad.

–Tu tía me contó una vez que había visto un fantasma en plena calle. Me dijo que no tenía nada de especial, pero era un fantasma. Y también que el fantasma se dio cuenta de que ella le había descubierto, y que la miró. Muy de tu tía. ¿Has visto tú un fantasma?

–No sé.

Le gusta que el padre no insista en su interrogatorio. Virtud de peluquero. Ella intenta aplicar ahora esa misma virtud. Aguanta un poco más la presión hasta que siente, como un bulto bajo una membrana, las ganas de hablar de su padre. Un poco más. Todavía un poco. Siempre, en todo, hasta en la confesión más salvaje, queda algo por decir.

–Creo que le da miedo.

–¿A quién?

–A tu tía, creo que le da miedo convertirse en fantasma.

Un poco más, todavía otro poco. Casi un minuto

35

esta vez, un interminable minuto en que solo se oye el reloj de la cocina y el sofrito de la cebolla. Hasta que se rompe la resistencia.

–Puede que un poco a mí también.

Ahí está. El secreto, la criatura arrancada del interior de su gruta, aún viscosa por la humedad. Ahora que está entre los dos le avergüenza un poco haberla provocado, pero ya no se la puede devolver. Luego, tal vez por eso, la cena se vuelve agradable. En cierto modo ni siquiera le hace falta hablar del niño. Lo piensa a ratos, como si lo sintiera caminando por la casa vacía, pero el pensamiento no le produce ansiedad, solo la vaga inquietud de un encuentro pendiente. Niño y reflejo parecen relacionados, pero de una manera remota, indescifrable, y ellos se protegen hablando de tonterías: de una prima segunda, de una herencia que ha enfrentado a unos vecinos, de un atropello que hubo el otro día en el barrio y en el que murió una chica muy joven. Hablan conscientes de que apenas pueden tocar las vidas de los demás, cosa que tiene la ventaja de ser cierta, y cuando terminan de comer a ella se le ocurre de pronto:

–¿Por qué no me lavas el pelo? Hace mucho que no me lavas el pelo.

El padre sonríe.

–Vas a estar incómoda –se queja–, aquí no tengo nada.

Luego, sin recoger los platos, van los dos al baño. Ella pone una silla de espaldas al lavabo y se quita la blusa, el padre saca un champú y un acondicionador, titubea un poco buscando una toalla lo bastante pequeña como para cubrirle los hombros y se la pone con un gesto profesional. Sonríen.

—¿Te lo puedes creer? Todavía me quedan toallas de la peluquería.

Ella siente en la nuca el frío del lavabo. El padre le recoge la melena con delicadeza, como quien hunde la mano en un saco de legumbres, y luego llega el agua, al principio fría, luego tibia, y al final agradablemente cálida. El placer del agua, siempre en el margen, el sonido de la espuma en los oídos, las puntas rígidas y precisas de los dedos del padre. Y es entonces, en el centro difuso de ese placer, cuando vuelve a pensar en el niño, y siente que la está llamando. Le cuesta identificar las palabras, confundidas con el murmullo del agua y el jabón, el roce de los dedos. Luego desaparecen todos los sonidos, cuando el padre le envuelve la cabeza con una toalla seca.

—¿Cómo era? —pregunta.

—El qué.

—Ese fantasma que has visto.

—Ah —responde ella—, se parecía un poco a mí.

Y los dos sonríen, pero cada uno por algo distinto.

El segundo día es de embeleso, de fascinación. Entra en la casa y siente el ruido en la cocina, el ajetreo del reflejo al limpiar, y a continuación el *qué quieres, no puedes estar aquí, van a venir unas personas*. Es idéntico a ella. ¿Ha estado allí toda la noche, todo el día de hoy? Se lo imagina a oscuras, haciendo esas preguntas y esos gestos, como un mecano enloquecido, y siente miedo de esa persona que ha sido, tal vez ahí, toda la noche. Casi tiene que esperar unos segundos para creer que es ella. Cuando lo hace, ya no puede sacarse esa idea de la cabeza. Trata de grabarlo en el móvil sin éxito. El reflejo es sólido, pero su imagen no impregna la pantalla y acaba desistiendo tras varios intentos. En realidad es un alivio: si lo pudiera grabar, también tendría que compartirlo. Para evitar el miedo lo observa un poco a distancia, parapetada tras una de las sillas. No lo mira directamente a los ojos, pero observa su cuerpo con una atención minuciosa, pensando: *Tengo que alimentarme de esto.* Intuye que cualquier vez podría ser la última, que en cualquier momento podría desaparecer o, peor, volverse autónomo. El mero pensamiento de que deje de repetirse el bucle le produce tanto miedo que se le eriza la piel. Para zafarse se centra en cosas pequeñas, separa el brazo del tronco, la mano del brazo, los guantes de goma. Deja de mirar sus piernas y traslada la atención a los hombros, a la caída del pelo, a esos tobillos de los que siempre estuvo tan orgullosa y que ahora le parecen misteriosamente raquíticos. Su propio estilo, la combinación de esas sandalias con ese vestido, es casi un retrato en sí mismo: esas prendas vagamente combinadas, pulcras, pero sin cohesión, estudiadas, pero que ha ido repitiendo en variaciones cada vez con menos gracia.

No tarda en descubrir aquí y allá signos de decadencia. Signos, por otra parte, que conoce bien; esa sombra de varices en la doblez de la rodilla izquierda, el movimiento del pelo, el temblor del brazo tras la insistencia con la que limpia. Pero la presencia de esos defectos resulta, en conjunto, menos gravosa de lo que esperaba. Y hasta hay una sorpresa agradable, algo parecido a una satisfacción. Entiende, también, que haya gente que la desee. Hay una rotundidad placentera en su cuerpo, un peso natural. A ratos, aunque no la ve desde hace años, le hace pensar en la estructura del cuerpo de su madre, en cómo su peso se equilibraba en los hombros. Siente que el espesor del reflejo recupera esa presencia, como si su madre fuese una pared distante que duplicara de pronto, accidentalmente y contra todo pronóstico, un sentimiento apacible. ¿Por qué no? Al verlo allí resulta fácil imaginar ese cuerpo corriendo, levantándose de la cama, duchándose. Está un poco ladeado, pero su energía es jovial.

El rostro es distinto. Lo evita instintivamente. Si lo mirara de verdad, ya no podría mirar otra cosa, y, entonces, ¿qué pasaría? Lo mira saltando sobre él, como quien toca algo hirviendo y cada vez que lo hace le parece que queda un poco herida por alguno de sus rasgos. Basta que su mirada se desplace de un punto a otro para cambiar la percepción completa. Los ojos, los labios, la nariz. Al principio, cuando pregunta *qué quieres,* parece una profesora de secundaria, luego, cuando se vuelve explicativa, se suaviza y se hace indiferente. Y sin embargo esa suavidad no la vuelve más amable. Hay una arruga que se forma bajo la barbilla cuando contrae un poco la cara. Y esos labios, ¿son esos los labios que mueve al hablar, los que besan? ¿Qué pasaría si se acercara, si tocara esa pequeña tira de carne con los dedos? ¿Qué pasaría si se acercara y los pellizcara, sellándolos, para que no hablaran más?

Hay también un tercer día. No le cuesta mucho encontrar un subterfugio en la inmobiliaria, tiene un crédito casi ilimitado. Con un poco de brutalidad se dice a sí misma que ha sido tan estúpida tantos años que ahora puede aprovecharse un poco de la estupidez de los otros. Ha vendido casas que no quería nadie, ha llevado no sabe cuántas veces al perro moribundo de su jefe a la veterinaria que está junto a la oficina. Por si fuera poco, durante esa semana, vende otro piso complicado y eso pone a su jefe de tan buen humor que puede cancelar visitas para regresar a la casa sin que nadie sospeche. Luego, cuando llega allí, apaga el teléfono.

—¿Qué quieres? —dice el reflejo.

—Nada —responde ella.

—¿Qué quieres? —insiste.

—La paz mundial.

Pero no le da tiempo a sonreír.

—Escucha, no puedes estar aquí, ¿entiendes? Van a venir unas personas.

—Que vengan.

¿Ha sido eso una sonrisa? ¿Ha sonreído levemente el reflejo o solo lo ha imaginado? A veces le parece que el reflejo sonríe, no necesariamente con sarcasmo, sino más bien con una especie de seriedad, de tristeza. Entonces siente por él el mismo afecto que a veces le provocan algunas de las fotografías de su infancia; compasión por esa niña trabada, esa niña que engaña a todos.

—¿Qué quieres? —repite el reflejo.

—A ti.

—¿Qué quieres?

—Nada.

—Escucha, no puedes estar aquí, ¿entiendes? Van a venir unas personas.

Se pregunta si el reflejo también estará hecho de sustancia viva, de carne y dientes, si la cabeza del reflejo tendrá un cerebro en su interior. Se pregunta, si lo tocara, si sentiría ella misma el roce de su contacto de una manera doble, como a veces le parece sentir que alguien ha pensado en ella o que ha protagonizado un sueño. Piensa en dónde será mejor tocar, si en la espalda, tal vez en la cadera. Siente también una especie de furor erótico, como quien está a punto de abalanzarse sobre un cuerpo deseado pero peligroso a la vez.

Decide algo que no ha hecho hasta ahora: observarlo muy de cerca, a unos centímetros. Memoriza sus movimientos para poder hacerlo sin peligro de tocarlo. Se pone a su lado y cuando se da la vuelta hacia el fregadero se acerca todo lo que puede.

—¿Qué quieres? —dice el reflejo—. ¿Qué quieres?

Luego, al volverse, el rostro reposa igual que una sábana sobre un mueble. La piel se destensa, parece imitar los movimientos de una respiración innecesaria. Tras la finísima superficie de los párpados, las pupilas bailan con un pequeño temblor. Ella mira muy fijamente la comisura de la boca, los agujeros de la nariz, la punta de las cejas. Mirarlo minuciosamente es casi

41

una forma de evitar mirarlo, y al hacerlo tiene la sensación de que la cara se vuelve angulosa donde debería ser blanda y al revés; blanda donde debería ofrecer resistencia. Siente un vago e intenso deseo de susurrar algo en ese oído. Entonces se da cuenta. Cuando se acerca al reflejo. Es un descubrimiento casi humillante: *No soy yo,* se dice a sí misma. *No puedo ser yo.*

El cuarto día esa sensación lo infecta todo. Se pone nerviosa, casi irritable. Se produce una pelea con un compañero durante una reunión en la inmobiliaria y, aunque no le cabe duda de tener razón, pierde el beneplácito de los demás por sarcástica. Ser la única mujer de la oficina desata en esas situaciones un espíritu de grupo en los varones que la irrita doblemente, y cuando eso ocurre pierde a su único aliado natural, su jefe.

En casa los problemas son parecidos con el hombre con el que vive. El hombre divaga más de lo normal durante la cena sobre sus problemas con otro profesor del departamento y a ella le parece que su rostro, como el del reflejo, se vuelve insustancial. ¿Ha sido siempre así? De pronto le parece pusilánime. Sospecha que comentará ahora lo que le dijo el otro profesor y que ella tendrá que realizar la tediosa tarea de analizarlo todo palabra por palabra. Luego, como no le dirá lo que él quiere oír, se producirá la consabida sucesión de gestos fallidos. Le molesta su tamaño, que el hombre maneja con la complacencia de quien siempre ha sido enorme. Hasta su bondad le parece un poco sospechosa, extensión inevitable de la intimidación natural que produce su cuerpo. Es fácil ser bueno con un cuerpo así, inatacable. Si al menos pudiera decirle que lleva tres días viendo un reflejo de sí misma en una cocina de una casa vacía, eso cambiaría las cosas, pero no lo hace. Y entonces se enredan. Le dice que si quiere acabar de una vez con la situación que hable claramente con el otro, o que exponga el dilema en una reunión de departamento. El hombre con el que vive se pone a la defensiva.

–¿Eso es lo único que se te ocurre decir? –pregunta.

Es tan fácil de herir que casi le abochorna. Basta con tocar aquí, con presionar allá. Y entonces se apodera de él esa especie de torpeza impostada que adoptan los niños cuando interpretan a los adultos y eligen representar una escena grave, como comprar algo o discutir un precio, esa cosa que para ellos es el colmo de la edad adulta. Hasta su forma de quedar cautivo en el enfado resulta un poco infantil. La manera en que coge su almohada y unas sábanas y se marcha a dormir al sofá y ella le ve salir de la habitación, con todo su enfado en los hombros. La forma en que luego no le queda más remedio que regresar, para lavarse los dientes, y ella siente la tentación de burlarse de él.

Al meterse en la cama, sin embargo, echa de menos su presencia. Es como un tañido seco y vibrante, algo que se abre paso en la oscuridad. La mirada del niño, o algo que de pronto le parece la mirada del niño. La conexión entre la repetición del reflejo y esa otra figura con la que interactúa en un bucle enloquecido, como un cautivo al que han arrebatado la luz y se ha quedado repitiendo mentalmente los gestos que recuerda

43

haber hecho cuando aún veía. Y cuando cierra los ojos le parece que sigue escuchándolo una y otra vez, con un sonido metálico y agobiante.

Qué quieres.

No puedes estar aquí.

Van a venir unas personas.

Lo piensa el quinto día, antes de ir a la casa. No dará tiempo a que nada la haga vacilar. Cuando entre, irá directamente a la cocina y tocará al reflejo. Y cuando lo toque, piensa, cuando conozca su textura, todo se abrirá o se desvanecerá, no puede ser de otra manera. Por un instante se siente eufórica, pero luego la invade el miedo. Un miedo abarrotado de respuestas posibles, de violencia. Recuerda de su época universitaria, la única vez que se sintió atraída por una mujer, cómo se estableció en ella una especie de reverencia al tacto. Recuerda que buscaba a aquella compañera todo el tiempo pero cuando se quedaban a solas evitaba ponerse demasiado cerca. Le parecía que la posibilidad de tocarla iba a activar una sucesión caótica, pero un día la compañera la tomó de la mano para darle algo. Un gesto tan rápido, tan banal y sin previo aviso, que no tuvo tiempo de reaccionar. Fue extraño. El tacto circunstancial se superpuso al tacto deseado y reveló algo ridículo e imprevisible: su amiga tenía unas manos rasposas. A las pocas horas le pareció que su enamoramiento se desvanecía. ¿Ocurriría algo así con el reflejo? No sabe. Solo sabe que la decisión es también una rendición. Que inmola en ella algo básico, su instinto

44

de conservación tal vez, y eso la tiene tensa durante todo el día, asediada por imágenes furiosas en las que el reflejo se retrae o, peor aún, la ataca.

Pocas horas más tarde abre la puerta de la casa. Como los otros días, oye al reflejo desde el recibidor, pero ya no se aproxima sabiendo lo que va a ver. Cuando llega a la cocina se planta frente a él.

–¿Qué quieres?

–No, ¿qué quieres tú? –responde ella, casi temblando.

–¿Qué quieres?

–No, ¿qué quieres tú?

–Escucha, no puedes estar aquí, ¿entiendes? Van a venir unas personas.

–No –responde–, no va a venir ninguna persona.

Y cuando da un paso al frente le parece que el propio reflejo vacila antes de darse la vuelta. Luego, cuando lo hace, ella se abalanza y lo abraza por la espalda.

El golpe es tan violento que destruye la fantasía. Es como abrazar un maniquí de mármol. Peor aún, un maniquí móvil, articulado y de una fuerza siniestra. Para detener cada uno de esos movimientos aparentemente gráciles sería necesaria una fuerza industrial, una maquinaria, pero esa sensación no desactiva su humanidad, sino que la refuerza aún más. Una vez, en un museo, aprovechando la ausencia de vigilante, tocó la cadera de una escultura romana y sintió lo mismo; la piedra representaba mejor la carne que la propia carne. Mientras está de espaldas todavía puede resistir los pequeños embates del brazo, el leve movimiento de

45

la cadera, pero cuando se da la vuelta, el reflejo tiene tanta fuerza que la empuja contra la encimera como un potro mecánico.

–¿Qué quieres? –dice impasible, como si no hubiese sucedido nada y mirando hacia donde estaba el niño el primer día–. ¿Qué quieres?

El golpe es un despertar. O tal vez no; lo sabe en realidad desde hace más tiempo del que le gustaría reconocer, lo pensó también el primer día, enmarañado entre todos los pensamientos que le produjo verse a sí misma. Lo pensó y lo descartó porque resultaba demasiado evidente. Ahora siente vergüenza.

–Escucha –dice el reflejo–, no puedes estar aquí, ¿entiendes? Van a venir unas personas.

Es tan sencillo que la hace apretar la mandíbula de indignación: el reflejo no es más que un títere, un anzuelo. El anzuelo que ha utilizado el niño para atraparla.

Tarda en regresar. De indignación, pero también de vergüenza. El problema, piensa, es que se siente engañada. Como si le hubiesen prometido algo con una sonrisa y tras ella solo se hubiese encontrado una mueca. Quizá es su propia coquetería la que le avergüenza, no sabe bien. Lleva tanto tiempo anulándola que ha creado en el fondo de su corazón una especie de ideal neutro, espartano. Haberse rendido de una manera tan obvia a la fascinación por su cuerpo le genera el mismo bochorno que una mañana de resaca. El recuerdo del reflejo tiene un halo pastoso, su entrega a toda la escenografía de la repetición la espanta en retrospectiva. Y hay también algo vil, algo de estafa burda en la distancia con la que el niño le ha hecho a acercarse, como si la hubiese obligado a husmearse a sí misma. Siente que todo al final –la sorpresa, la cautela, el ansia de la revelación– ha terminado en un chasco. Peor aún, siente –no la sentía antes– la vergüenza, casi la seguridad, de haber sido observada, como en aquel

47

juego cruel en que se le escondía una pertenencia a una persona solo por el placer de verla buscar con desesperación. La propia figura del niño adquiere también un aire perverso. Como si ese gesto pasmado fuese en realidad una manifestación de sadismo.

Ese fin de semana, para distanciarse, le pregunta al hombre con el que vive por qué no hacen una pequeña escapada, y, un día más tarde, están subiendo a la sierra que queda a pocos kilómetros de la ciudad. No es la primera vez que hacen esa excursión. Es casi un paseo recurrente y automatizado, el que se han acostumbrado a hacer cuando uno de los dos necesita «una escapada». Fue él quien se lo descubrió la primera vez. Aunque «descubrir» no es la palabra exacta. Ella siempre ha sospechado que, en la vida del hombre, ese paseo campestre fue un día alegre que él necesita repetir una y otra vez, una especie de fidelidad en la que ella ha acabado ingresando como una variación diluida de lo que, en su origen, fue una alegría real.

Es extraño, no siente celos. Casi le divierte. Tampoco siente celos de otras cosas aparentemente mucho peores o preocupantes. De vez en cuando, mientras él se ducha, ella le coge el móvil y lee los mensajes que aún le envía su exmujer y a los que él contesta con una mezcla entre cariño y desdén difícil de calcular. Se llaman como se llamaban entonces: por las siglas de sus nombres, ML, PC, hablan de viajes que hicieron, perpetúan su humor privado como una lengua muerta, mantenida por sus últimos nativos. El hombre que promueve o contesta esos mensajes está en realidad lejos de ser el hombre con el que vive. El primero es falso, el segundo, verdadero. Y jamás habla de ella en esos mensajes, a pesar de que la exmujer le pregunta. Con respecto a ella, el hombre con el que vive mantiene un silencio halagador. Sus realidades, lejos de ser comparables, son paralelas.

Por otra parte, heredado o no de una vida pretérita, este día funciona. El calor del comienzo del verano y el frescor del bosque cumplen con su cometido: por un instante se olvida de la casa y del niño, no le duele la humillación del reflejo. Hace un día maravilloso. Apenas se cruzan con nadie. En el exterior, en plena sierra, el cuerpo del hombre parece más pequeño, pero también más rotundo. Ella recuerda por qué le atrae su cuerpo; esa tensión en la espalda y esos ojos concentrados, de cazador. En el exterior deja de tener los movimientos cansados que a veces tiene en casa, ese aire de bestia enjaulada y departamental, y sus rasgos vuelven a recuperar una dignidad en conjunto: la nariz romana, la barba de dos días, áspera y un poco canosa. De cuando en cuando se detiene para mostrarle unos hongos o coge entre los dedos una hoja de haya y le explica que los nervios laterales son paralelos y que, gracias a la filotaxia dística, captan una gran cantidad de luz. Ella le mira como una adolescente presa de un súbito calentón por su profesor de ciencias.

Esa noche se quedan en un hotel. Cenan en la hostería y cumplen con el ritual, ahora sí, compartido. Ella habla mucho. Habla para cansarse de hablar. Le habla de su padre, le dice que hizo mal en vender la peluquería, que la falta de talento para el ocio es una condena de la clase trabajadora, no dice que la otra

49

tarde simplemente le pareció un hombre que ha cortado demasiado pelo humano y que seguramente está confundiendo cansancio con tristeza. Habla de lo bien que van las cosas en la inmobiliaria, del piso que vendió la semana pasada y la comisión que –bromea– paga ese vino. Luego siente deseos de contarle la anécdota de la casa del suicida.

–¿Qué suicida? –dice él.

Y como ella no arranca inmediatamente, él coge la copa de vino y se echa un poco hacia atrás, apartando el plato. A pesar de llevar casi dos años juntos, a veces son extrañamente ceremoniosos.

–Por favor –insiste él.

Ella corre el telón. Él sonríe. Ella cuenta que hace mucho tiempo tuvo que vender la casa de un suicida. Nadie de la inmobiliaria quería hacerse cargo y se la acabaron colocando a ella. La casa estaba bien, pero el suicidio había sido relativamente famoso en el barrio y no había manera de que los compradores no se enteraran de que allí se había saltado los sesos un muchacho con una escopeta de caza. ¿La razón? Da igual. Celos, cree, no importa. Lo que importa es que en aquel cuarto de estar, que obviamente habían pintado de nuevo, había quedado una hondonada en la pared, una pequeña hondonada de la metralla, a poco más de la altura del pecho, donde el chico se había disparado.

–Una hondonada –repite él.

–Un hueco pequeño –dice ella– del tamaño de un reloj.

Y todos los días, cuando entraba en la casa, ella no podía evitar acordarse de ese hueco. Deseaba acercarse

50

a él. Tenía la convicción, cómo explicarlo, de que si lo tocaba comprendería algo. Fingía que resolvía otras cosas, pero siempre estaba pendiente de ese hueco. Un día no pudo más y decidió tocarlo. Se lavó las manos, se acercó y posó con resolución la punta de los dedos.

—¿Y qué pasó? —pregunta él.

—Que me dio un calambre. Al parecer la metralla había atravesado una parte de la instalación eléctrica y la pared a veces daba corriente. Yo tenía la mano húmeda. Casi me muero del susto.

El cuerpo del hombre se sacude en la carcajada y el de ella también. De pronto están los dos relajados. Alegría de que toda esa escenografía de muerte solo haya sido al final la metáfora de otra cosa, algo más tonto y soportable. Pero luego, cuando hacen el amor esa noche, cuando él baja hacia sus piernas y ella inclina la cabeza y acaricia la cabeza de él, apretándola entre los muslos, recuerda de nuevo lo que de verdad sintió esa tarde, por mucho que lleve años contando esa anécdota para reírse de sí misma; trata de recuperar ahora, aunque solo sea mentalmente, la energía, el inexplicable deseo de *tocar* que sintió de verdad al repasar con el dedo la pequeña depresión que había dejado el disparo en la pared. Y recuerda el cosquilleo que le quedó en la mano cuando salió de la casa y que subió por el brazo, y que tardó varios días en marcharse, un cosquilleo molesto, como el reclamo de una cosa, de un animal pequeño, igual que ahora, cuando menos lo espera, en mitad del placer, vuelve la oscuridad, e, igual que entonces, le parece escuchar una voz, no necesariamente unas palabras, pero sí una voz, un mensaje

51

que dice con nitidez: *Por qué no vienes. Necesito que vengas.*

Regresa el miércoles, tras la visita de dos casas y de perder la paciencia con una pareja que pregunta hasta los detalles más ínfimos de un apartamento que no tiene intención de comprar. Es, tal vez, la propia irritación la que la lleva a decidir que ya no lo va a retrasar más tiempo. Eso y la necesidad de acabar. Muchas veces ha pensado que eso es precisamente lo peor de su carácter, esa falta de serenidad cuando más la necesita. Hay primero un empujón y luego otro, el primero le hace perder la compostura, el segundo la pone irritable. ¿Piensa entonces en el niño? No exactamente. En realidad es como si el pensamiento la rodeara, como si el niño fuera algo que la tomara del brazo y la fuera obligando a hacer cosas que no desea, una lotería que no ha decidido jugar, alguien que ha pasado a su lado en la calle y roza con el brazo, pero deliberadamente, uno de esos conductores que se ponen detrás en la carretera y empujan con una ansiedad inaplazable.

Entre sus miedos, en un lugar destacado, está el de que el niño le pida algo. Ahora que ya no son posibles los «trucos», que está sobre aviso, el posible encuentro solo se plantea de una manera despojada. Se le ocurre algo que no había pensado hasta ahora: qué tipo de vida eterna es la suya, qué dios lo ha atado o condenado a ese lugar. Y entonces, sobre lo que parecía una mirada bobalicona, parecen sobreponerse intenciones más o menos perversas, desde la venganza hasta quién sabe, una atadura insensata, algo que se perdió y debe encontrarse.

Irá, se dice a sí misma, una sola vez. No atenderá encargos. No le tocará. No permitirá que la toque. No le dirá su nombre. No preguntará el suyo. Irá, decide, para acabar con la necesidad de ir. Para librarse de él. Pero cuando va de camino a la casa siente que la invade, por primera vez, el miedo. Un miedo casi abstracto, parecido al miedo de un gran sufrimiento físico, algo que, por otra parte, no ha sentido jamás, como el miedo a un navajazo, a ser atropellada, a caer por un acantilado, a la propia inminencia del miedo, como si alguien avisara: voy a golpearte hasta arrancarte los dientes, hasta hundirte los pómulos. Luego, cuando llega a la casa, abre la puerta casi temblando y ahí está, en mitad del recibidor, el niño.

Hay algo descorazonador en la forma en que espera. Más aún, hay algo descorazonador en su forma de ser solo un niño. Es y no es como lo recordaba. Mide poco menos de metro y medio de altura. Su piel es casi oliva y en reposo su rostro carece de expresión, menos aún de violencia. Tiene el mismo uniforme, el flequillo lacio cayéndole sobre la frente, la misma mirada medio embobada, los pantalones cortos a medida, pero de una tela extrañamente tosca, los mismos botines negros. No reacciona cuando la ve entrar, pero sí cuando ella cierra la puerta y levanta la mano y siente que se desvanece por completo la irritación y el miedo que la ha arrastrado hasta allí.

—¿Cómo te llamas? —dice él.

La comparación entre lo ominosa que le parecía su

53

decisión de no decirle el nombre y lo ridículamente ingenua que es realmente su pregunta la hace reír de pronto. Y él se ríe también, ya no hay necesidad de decir nada.

–¿Vives aquí? –pregunta ella.

–No sé.

–¿No sabes si vives aquí?

Sorprendido por la pregunta, el niño frunce el ceño de nuevo.

Es difícil de reproducir ese primer rato que pasan juntos. Cruzan varias etapas. Lo fácil habría sido preguntarle por la escuela, por sus amigos, obviar el hecho de que están solos en una casa en la que apenas queda un puñado de muebles abandonados por los últimos inquilinos, una casa que ese niño parece llevar recorriendo más tiempo del que ella lleva en el mundo. Luego hace un ejercicio mental, se fija en los labios, en el pliegue del párpado derecho, presta una gran atención a los bordes de su rostro, a esos ojos que no pestañean. Ojos marrones, de yegua. Desconfía de la misma entereza de esos elementos, labios, párpado, cuello, o tal vez es de la casa de la que desconfía: una casa que parece un aliado del niño pero no suyo.

No puede pensar con claridad, quizá por eso todas sus preguntas acaban teniendo algo fallido: qué haces aquí, dónde están tus padres, preguntas a las que el niño no contesta o repite como si estuviesen mal formuladas.

–¿Cuál es tu habitación? –pregunta ella, al final.

La pregunta revela en el niño una sonrisa satisfecha. Es más guapo cuando sonríe, casi apuesto. Se da media vuelta hacia la escalera y la mira de reojo, para comprobar que le acompaña.

–¿Me vas a enseñar tu habitación?

–Sí.

Pero de pronto siente resistencia, como si recordara todo su miedo anterior, y cuando llegan a la habitación se da cuenta de que ha subido allí varias veces en los días del reflejo. Es una habitación pequeña, en la planta superior, bien iluminada, separada por solo un muro de la biblioteca y con un pequeño cuarto de baño privado.

–¿Me viste el otro día? –pregunta.

–¿El otro día?

No hay otro día para el niño, piensa.

–En la cocina, abajo.

El niño vuelve a sonreír. Pero si no existe el recuerdo, debe de existir la percepción. El niño no recuerda un sentimiento que tuvo, pero el sentimiento parece llegar ahora, por primera vez.

–Sí.

¿La ve también acaso dos veces: ahora y entonces? El niño se agacha hasta la base del armario empotrado, saca uno de los cajones y se asoma hacia el fondo. Por un instante la mitad de su cuerpo desaparece engullido por el mueble. Busca su tesoro. Saca una caja de cartón, taladrada de agujeros.

–La encontré en el jardín, es muy *bonita*.

Se sientan en el suelo, la caja entre los dos. Piensa que igual que en ella ha habido todo un tránsito de indecisión y de miedo, tal vez lo ha habido también en el niño, que si ella hubiese hecho un gesto fuera de lugar quizá el niño se habría retraído, pero, sea lo que sea, ha cumplido con sus expectativas y el niño abre triunfal su caja. En el interior, rescatado como un viaje en el tiempo, el cadáver de una langosta monstruosamente grande. Es una carcasa de insecto, hueca en su interior, devorada por las hormigas. Ella siempre ha sentido una repugnancia natural por las langostas, pero, a diferencia de las vivas, la carcasa de esa langosta es de una elegancia refinada, parece un flautín de madera con un gran cuello de gabán y una boca equina, ojos incrustados y luego vaciados, ojos de profeta. Y, mirándola muy de cerca, en el interior de esa boca ve unos dientes minúsculos que las hormigas no han querido o no han podido devorar.

–Ten cuidado –dice el niño–, no quiero que se escape. Vuela.

Entiende entonces que no están mirando la misma langosta. La langosta vaciada que tiene en la mano, se mueve con sus largas antenas, abre y cierra la boca, para el niño. Sobre la mano tiene una langosta muerta y viva. Si mira fijamente las pupilas del niño, comprueba que en sus ojos acristalados se describe el movimiento del insecto. Adelante, a un lado.

–¿Ves? Casi se escapa –dice el niño.

Ella la protege entre las palmas. Hay dos mundos, sí, pero superpuestos.

–¿Qué vas a hacer con ella?

–Es mi prisionera –dice el niño–, todavía no sé.

–¿La vas a matar?

56

–Puede –responde con seriedad.

Ella espera unos segundos. Virtud de peluquero. Aguanta un poco más la presión hasta que siente, como un bulto bajo una membrana, las ganas de hablar del niño. Un poco más. Siempre, en todo, hasta en la confesión más salvaje, queda algo por decir.

–A lo mejor le construyo un carrito con una caja de cerillas, lo vi una vez.

Un poco más, todavía otro poco. Casi un minuto ahora, un interminable minuto en el que solo se oye la brisa sobre las ramas de los árboles del jardín.

–Luego, si encuentro muchas, podría hacer un ejército.

Ahí está su proyecto secreto: un gran ejército de langostas pertrechadas con carritos. Puede verlo tan nítidamente como la propia cara del niño, más amable ahora tras la confesión. Su ausencia de pestañeo es como si lo convirtiese ahora en una versión purificada de lo humano, uno de esos retratos del Renacimiento en que los niños posaban como iguales junto a un animal. Y como siempre que se manifiesta una intimidad entre dos personas, los dos se sienten aliviados, pero también con ganas de separarse.

–Tengo que irme –dice ella, levantándose tal vez por última vez. Ahora que por fin ha hablado con el niño ya no está tan segura de querer hacerlo una segunda vez.

–¿Vas a volver? –pregunta el niño.

–No sé –responde, y como el silencio se hace más largo de lo soportable, añade–: Tengo mucho trabajo.

Le conmueve de pronto su resignación, una resignación cargada de dignidad. No piensa suplicar. No va a rogar nada. Y bajan ahora juntos de nuevo las escaleras, pero con la tristeza de una pareja que está a punto de romper. Ese gesto de delicadeza: acompañarla cuando podría abandonarla a su suerte, lo vuelve particularmente amable. Gestos de delicadeza cuando la delicadeza no importa.

–Escucha –se oye decir en el último instante, antes de llegar a la puerta–. No te pongas así, tal vez pueda escaparme.

Luego, quizá porque ella sonríe o porque él sospecha lo fácil que es mentir a un niño, dice:

–Me gustaría que volvieras.

Y tras un silencio:

–Necesito que vuelvas.

El mundo nunca está ahí. No está en la oficina de la inmobiliaria, cuando regresa para la reunión de objetivos semanal con su jefe, no está en su pequeño despacho, ni sobre la mesa cubierta de papelitos, ni en los cajones repletos de llaves, no está el mundo en esas casas ahora vacías y mañana ocupadas, ni en los animales que acompañan y luego mueren, como ese perro al que su jefe ya no quiere dejar en casa y que no para de gemir en el cuarto de baño de la inmobiliaria, no está en el reloj que dice que son las siete de la tarde y que ya puede marcharse. Toda la vida está en la forma en que escribe un mensaje a su amiga de la infancia y con el que la amiga contesta al instante:
donde estás, amiga
en el parque, con Spiderman
Pero si solo una amiga vence al animal sombrío de la casa, entonces por qué se inquieta cuando la ve a lo lejos, media hora más tarde. Ha llegado caminando desde la inmobiliaria y cuando ha llegado al parque le

ha costado un poco distinguirla entre las otras madres. Bajo la sombra moteada de los árboles, hay una cortina de chillidos como una felpa espesa, niños que corren, padres neutralizados por sus móviles. Al final la ve: es la única que saluda junto a un Spiderman de un metro.

–¿No dices *hola*? –pregunta a Spiderman cuando se encuentra lo bastante cerca.

–Di *hola* –ordena la amiga pegándole un pequeño tirón–. Lleva tres días con el traje puesto.

–Di *hola* –dice Spiderman imitando el tono de voz de su madre.

Los ojos plateados ocupan casi la mitad de una cara sin boca.

–Está insoportable.

Y puede que Spiderman esté insoportable, pero eso no le impide dar un salto para exhibir sus facultades y esconderse de nuevo entre las piernas de su amiga.

–No se te ve el pelo, nena.

–Lo sé.

–¿Algo en tu defensa?

–Mucho trabajo.

–La declaramos culpable.

–Ay.

Así es su lenguaje. ¿Es suficiente ese cruce poco sentimental al que están acostumbradas? Siempre lo ha sido, pero por algún motivo hoy lo parece menos. Entonces ella hace algo instintivo. Se acerca y le da un beso. Le sorprende un poco haberlo hecho. Un instante de candidez, casi una huida. Le da un beso para acabar con el deseo de dárselo, pero toca en la amiga un lugar sensible.

–Cariñosa.

–*C'est moi.*

Spiderman se aburre y pregunta si puede ir a los columpios. Mientras se aleja, antes incluso de que llegue a sentarse, la amiga deja de mirarlo. Ahí está. Se conocen desde los diez años. Es pálida y rotunda. También más terca. Han sido felices y audaces y estúpidas juntas. Se han comido juntas alguna que otra tabla de amargura. Bien trabadas de venas azules, allí están las manos de su testigo. Hasta cuando huye sabe lo que siente. Viéndola ser madre, supo hace años que no quería ser madre y desde entonces ese asunto quedó zanjado en una conversación en la que hablaron con una franqueza total. Spiderman se columpia y ella piensa que tal vez también esa conversación fue, al fin y al cabo, un poco fraudulenta, que no hay nada tan fraudulento como la pretensión de que se puede decir *toda* la verdad. No importa. Cada vez que ve a su amiga con Spiderman se imagina a sí misma con un niño, y al instante piensa: *No.* Un «no» que, lejos de estropear esa escena, la vuelve misteriosamente alegre.

Ahora que la tiene delante se da cuenta de que no puede decirle que ha visto a un niño en la casa; entablarían una conversación demasiado disparatada. La amiga pensaría que se burla y ella tendría que insistir, luego adoptaría una actitud grave, y ella tendría que recomponer la conversación.

–Tienes un amante –dice de pronto.

Ella se ríe.

–¿Por?

–Pensé que estabas a punto de decir eso. Sigues con el leñador entonces.

–¿El leñador? –pregunta ella.

–Estoy perdiendo facultades.

Ella sonríe y algo en su interior grita: *¡No estás lejos!*, pero la amiga desiste y busca a Spiderman con la mirada. Luego, como si lo hubiese provocado con su atención, Spiderman se cae del columpio. Todavía en el suelo le intentan quitar la máscara, pero Spiderman no se deja. Está dolorido, pero no llora. Vuelven a sentarse los tres en el banco y la amiga hace balance.

–¿Te duele?

–No.

–¿Dónde te duele?

–Aquí.

Y hay, también, un descanso. Lejos de cesar con el consuelo, el dolor se ramifica en la rodilla de Spiderman y también en la mano de su amiga y luego en su mirada, el dolor no es exactamente una reacción, sino una pequeña luz que salta de un cuerpo al otro. Lo importante no es tanto sentirla como ver la transformación que provoca, en qué se convierte quien la tiene, cómo compromete a quien la mira. Y así, poco a poco, Spiderman vuelve a ser quien es: un superhéroe no muy seguro de sí mismo. Se mete la mano bajo la máscara, se seca los mocos y en menos de un minuto ya está otra vez en el columpio. Ahora la amiga lo sigue con la mirada. Un automatismo invisible, enganchadas las dos por el anzuelo de la atención.

–¡Mamá, mira!

Y mamá mira.

—No puedo más —dice.

Pero dice *No puedo más* precisamente por lo contrario; para confirmar, asombrada, que puede más. Luego se lía un pitillo y lo enciende mirándola fijamente, como si le contara las pecas una a una.

—¿Qué? —dice ella.

La amiga escupe una viruta de tabaco y responde:

—No. Qué tú. ¿Me cuentas qué te pasa o no me cuentas qué te pasa?

No, no le cuenta qué le pasa, pero por un instante ocurre algo alentador: comprende lo que tiene que hacer. Charlan en el parque con dos cervezas que compran en un chino y la amiga confiesa, esta vez, que es ella la que tiene un amante y que es un amante de mierda, que se pasa el día perdida en las reuniones mirando si el cretino le ha contestado el mensaje, *ella, ella,* pendiente de si el cretino le ha contestado el mensaje.

—Y lo peor: es feo, el cabrón, como un demonio.

Se ríen más todavía y dan de merendar a Spiderman, que se levanta la máscara hasta la nariz. Luego, cuando llega a casa y cena y se acuesta junto al hombre con el que vive, el reflejo de Spiderman y de su amiga queda en suspenso y se vuelve aún más preciso. Son masas de energía. Una energía parecida a la planta de una ciudad recorrida mil veces, por unas personas primero, por otras después, una ciudad repleta de calles y plazas, en la que unos habitantes completan, sin saberlo, los gestos comenzados por otros. Todo eso piensa. Y también otra cosa, algo que ha sucedido esa tarde:

63

cada vez que Spiderman se acercaba a su amiga para pedirle algo, le decía: *Sabes qué,* a lo que ella respondía: *No sé qué.* Y ese soniquete, aplicado a veces a algo banal y otras a algo importante, ese soniquete que en realidad no significaba nada, solo el marco de una cosa que iba a decirse, era en realidad el verdadero contenido de su relación.

Eso me falta, piensa ella. *Un juego que llevar a la casa.* Repasa su vida y reconoce con vergüenza lo poco que ha jugado. Recuerda un juego, precisamente, que tenía con su amiga cuando eran niñas, un juego extraño que muy rara vez alcanzaba la crueldad, pero que siempre la rozaba: un día una era la esclava, otro, la otra. Y quien poseía a la esclava podía pasarse la jornada dando órdenes aleatorias: *Esclava, limpia esto,* pidiendo deseos encubiertos: *Esclava, abre la boca,* para posar luego el dedo sobre la encía, justo en el lugar en que faltaba el diente: *Esclava, no te muevas,* y meter un palito en la oreja, lo suficiente para ver cómo se encogía la esclava en un escalofrío.

Y era maravilloso tener una esclava, pero mucho más serlo, mucho más haber sido cruel para ahora sentir el miedo de la revancha, mejor el miedo que el poder, mejor ser objeto que tener un objeto, mejor estar a punto de recibir una orden que darla, perder por completo la voluntad antes que sentir su peso: *Esclava, abre mi mochila, busca mi cuaderno,* como si hasta ese gesto ordinario, abrir la mochila de tu dueña, buscar el cuaderno de tu dueña, fuera, al no haber posibilidad de *desobedecer,* algo fascinante. Y ahora escribe: *No estoy aquí. No existo.*

Solo los vivos tienen la posibilidad de ser incoherentes, piensa ella, la muerte condena a la coherencia. Ella podría elegir no ir a la casa, pero el niño no puede dejar de esperar. En eso reside su desigualdad. También, quizá, en otras cosas. Puede que el niño sepa lo que espera de ella, pero ella no sabe lo que espera de él. No al menos como sabe lo que espera del mundo o de su trabajo en la inmobiliaria. El juego establecería una pauta distinta: la posibilidad de jugar, y también, su inquietud. Porque quien juega no sabe nunca en quién va a convertirse. Si ella jugara con el niño, ¿quién sería luego? El hecho de que carezca de fundamento y hasta de justificación lo vuelve todavía más deseable. Piensa en lo poco frecuente que ha sido su trato con la parte más insegura de la vida, en las pocas veces que ha dejado que sean otras personas las que la toquen, las que decidan, en cómo se ha protegido de sentir lo que no sabía cómo iba a afectarle, desde deportes de riesgo hasta viajar a ciertos lugares, desde lo sentimental has-

65

ta lo físico, desde la transgresión más sencilla hasta la mera indignidad de tener que reconocerla, piensa en cómo ha sido siempre ella quien ha establecido las pautas, organizado los controles, decidido qué era razonable y qué no, piensa en cómo su aparente estoicismo no es más que una forma sofisticada de cobardía. Durante unos días, los que tarda en volver a la casa, trata de imaginar algo más: que es el niño el que impone las reglas. Por un instante es como si imaginara su propia destrucción. Imagina que el niño la obliga a hacer algo horrible: buscar algo infecto, perseguir a alguien, peor aún, imagina que ese algo horrible se establece, precisamente, en los términos de un juego, es decir, en el del deleite del otro frente al sufrimiento de ella, pero luego le hace confiar la imagen de ese niño que la acompañó hasta la puerta, ese niño amable incluso cuando la necesidad de la amabilidad había terminado. Decide que será el niño quien establezca el pacto. Decide también que despejará un día de compromisos, que apagará el móvil y se presentará dispuesta a lo que él quiera. Y cuando lo hace le dan ganas de reír. De liberación, pero también de inquietud. Se siente como si hubiese cargado un revólver y se lo hubiese metido en la boca, solo para jugar a que dispara.

Al verlo en el recibidor el nerviosismo se apacigua un poco, pero no la inquietud. Es el de siempre: menudo, de aspecto embobado, con su uniforme marrón, pero ella no es la misma al mirarlo. No duda de que el niño no le hará daño intencionadamente, duda más bien de lo que el niño no puede controlar. Es la primera vez que lo piensa: los alrededores del niño, las fuerzas que han atado a ese niño a la casa. Si él no ha podido contenerlas, ¿cómo podrá hacerlo ella?

–Has vuelto –dice con algo que parece una sonrisa.

–He vuelto –responde.

Su expresión parece tensa, escucha como las otras veces, pero sin hacer ningún gesto. Ella comprende ahora que la tensión de ese rostro no procede tanto del nerviosismo como de la propia morfología de su cara: dura a pesar de ser algo rolliza. Piensa: *Diga lo que diga tendrá razón.* Y se da cuenta enseguida de que esa es en realidad la primera ley del juego: es el niño quien establece las reglas.

—Hagamos algo –dice ella–, ¿a qué te gustaría jugar?
—A atrevimiento –contesta el niño inmediatamente.
—¿Cómo se juega a eso?
—Uno dice una cosa difícil y el otro la tiene que hacer.
—¿Y quién pide primero?
—Se echa a suertes.

Ella saca una moneda. Pide cara. El niño sonríe al verla caer.

—Te toca.

Cuando echa un vistazo a su alrededor, la mirada se vuelve a perder en la casa. Afuera una nube cubre el sol momentáneamente y la brisa traslada la sombra por todo el interior, luego vuelve a iluminarse de nuevo, violentamente. Junto al niño hay un perchero y una mesita con unos girasoles. En las escaleras hay también una alfombra verde y roja, con unos motivos persas. En el jardín, el césped está arreglado. La manifestación de esas cosas se ha producido sin sorpresa, como la primera vez que le vio. Se da la vuelta y de pronto están ahí. ¿Tal vez porque ha decidido jugar? No sabe.

Así era entonces la casa cuando el niño vivía en ella. Pero no por completo, solo en espacios moteados, simples objetos traídos hasta esta tarde, quién sabe con qué utilidad. Son cosas sólidas, reflejan la luz, emiten sombras. Ella podría tocarlas si quisiera. Ver accidentalmente y solo en parte cómo era la casa cuando la vivió el niño se parece a asomarse a la ventanilla de un tren, pero en el momento en que los postes de un puente fragmentan el paisaje. Son objetos cargados de conciencia de clase, reclaman delicadeza, como animales exóticos. De niña, durante el año en que el salón de belleza de sus padres fue particularmente bien, acudió, por insistencia de su madre, a un colegio privado en el que todas sus compañeras pertenecían a familias evidentemente más adineradas que la suya. Fue un año dislocado, con fines de semanas en casas como museos, un año impregnado de la perplejidad del lujo, que desde entonces siempre le pareció una condición triste. Al ver esas cosas recupera ahora algunos de los sentimientos de ese año. ¿Qué siente ese niño rodeado de esas cosas? ¿Qué se siente cuando esas cosas son naturales, cuando se despierta y lo ordinario es un jardín con una pequeña piscina, cuando se deja todos los días el abrigo sobre ese perchero elegante, qué sucede cuando esas cosas no son la prueba ni el complemento de la felicidad, sino su perpetuación, más duraderas que la misma vida porque pertenecieron y pertenecerán a otras personas? La presencia de esos objetos la vuelve súbitamente tímida frente al niño. Y también un poco hostil, borra la entrega total que había sentido al principio y la reconduce contra su propia historia. Recuerda de pronto quién es, una agente inmobiliaria de treinta y seis años, hija de un peluquero, frente a un niño rico.

—Quiero que seas mi esclavo —dice.

Siente el calambre del niño, la leve excitación en su cuerpo.

—¿Cómo se hace? —pregunta él.

—Obedeciendo.

69

Le dice: *¿Sabes dibujar?*, y el niño responde que sí. Le dice: *Hazme un dibujo. De quién,* responde el niño. *De mí,* dice ella. Y luego, como en la infancia: *Hazme un dibujo, esclavo.* Y el niño sonríe, lo que indica que ha entendido el juego. *A qué esperas, esclavo,* repite, sin haber pensado algo elemental, que no tiene lápiz ni papel, y entonces abre el bolso, saca el cuaderno de la inmobiliaria, lo abre por una página en blanco y se lo tiende junto a un bolígrafo. El niño se entrega con demasiado entusiasmo, hace seis o siete trazos decididos y a continuación se arrepiente. *¿Puedo empezar otra vez?*, pregunta, *esta no vale. ¿Por qué no?*, pregunta ella. *Porque no eres tú.* Y antes de que le dé permiso, empieza otra vez. Da la vuelta a la hoja y le clava esa mirada sin pestañas, acristalada. Puede que la hayan mirado fijamente otras veces en la vida, pero nunca así. No para pedirle nada, no para seducirla, no para amenazarla. No para pedirle explicaciones. No para decir: *Me marcho.* Para apropiarse de ella. Casi puede describir la parte de su rostro que perfora la mirada del niño para trasladarla al papel, la forma en que recorre sus labios, su nariz, su garganta.

Le dice: *Cuéntame una historia, esclavo. Una historia cómo,* responde el niño. Y caminan juntos hasta el jardín. *Una historia que te guste mucho, esclavo, una historia que te hayas inventado tú.* Y el niño comienza casi sin respirar la historia de una rebelión de serpientes en la selva, un levantamiento de astutas serpientes que primero amordazan a otros animales y luego los matan, amparadas en su parecido con las lianas. *¿Y por qué se rebelan las serpientes?*, pregunta ella. *Porque se parecen a las lianas*, dice el niño. No importa que confunda la posibilidad del mal con su motivación, la posibilidad del mal *es* la motivación. *¿Entonces si no se parecieran a las lianas, no serían malas?*, pregunta ella, y le sorprende su seriedad, la concentración con la que asiente, resolviendo el enigma. *¿Te has inventado tú esa historia?*, pregunta ella. *Mira que si no te la has inventado tú, no me sirve*. Entonces se produce su indignación. Responde: *Me la he inventado yo*, tenso, con los puños cerrados en los bolsillos. Y al sentir la indignación su cuerpo se electriza, anguloso, como una serpiente que se pervierte solo porque parece una liana. *Te creo*, dice ella, y luego: *Cómo termina, esclavo*. El niño duda. Se venga, quizá. *No tiene final*, responde.

Le dice, reteniéndose un poco: *¿Sabes hacer masajes, esclavo?* Y el niño responde: *Sí*. Es difícil precisar lo que siente. Ha hecho esa pregunta y de inmediato ha tenido miedo de su repercusión. Intuye que no es la primera vez que se lo piden, que ha hecho muchos masajes con esas manos pequeñas, casi cuadradas, y que la mayoría de las veces le han alabado por ello. Intuye que el niño le concede una gran importancia a dar placer y que el placer siempre es el terreno de la contrapartida, porque cuando da un masaje puede pedir algo a continuación: carta blanca. *Tienes que darte la vuelta*, dice el niño, *así no se puede dar masajes*. Y ella le da la espalda. Siente lo calientes que están las manos del niño,

71

calientes como si las hubiese metido en agua, y a continuación siente el placer, un placer escalofriante, que le recorre toda la espalda hasta los hombros, y se pregunta cómo lo ha hecho las otras veces, si ha sido de una forma más íntima que esta, sin tratos ni acuerdos. Por amor. Con la plana conciencia de un niño que quiere que lo llamen bueno.

Luego, por fin, llega el momento de la contrapartida, cuando la tarde está a punto de declinar. Pregunta: *¿Entonces tú eres mi esclava ahora?* Y ella responde: *Sí. ¿Y puedo pedir lo que yo quiera?* Y ella responde: *Lo que tú quieras.* Y no es el gusto del oro, ni el de los juguetes, ni el de ser el primero en nada, no es ni siquiera el deseo de salir de la casa, no es ningún encargo siniestro, ni búsqueda alguna, sino otra cosa que parece más esquiva. Una tentación quizá, la peor de todas: la de convertir a la persona que se ofrece en la persona que se busca.

Se arma de valor, pero cuando está a punto de hablar, deja de mirarla.

Quiero que te cortes el pelo, dice.

Antes o después tenía que ocurrir: se muere el perro.

–Bastante es que haya vivido hasta ahora –dice su jefe en la inmobiliaria.

Sucede a primera hora de la mañana, un día antes de las vacaciones. Ayer, cuando cerraron la oficina, el jefe lo vio tan ahogado que no se atrevió a moverlo y se quedó con él en el despacho. Pensó que iba a ser cuestión de minutos, pero luego se pasó toda la noche sollozando con el hocico entre las patas, acurrucado junto a su amo.

Cuando ella llega a la oficina aún no ha muerto. Por momentos aún le tiemblan las cejas, pero hay también una maestría de la muerte que lo rodea: toda una disección que ya separa unas partes de otras. El jefe ha mandado a los otros empleados a hacer gestiones, no los quería allí, pero cuando llega ella se relaja un poco y le pide un café. Está más triste de lo que puede gestionar. Ha maldormido toda la noche.

Aún están sirviéndose el azúcar cuando el perro

deja de respirar. Al principio casi no se dan cuenta, ella le pregunta si quiere más de un sobre y cuando él le dice que dos, comprueban que el perro ha muerto. Sorprende la poca ceremonia del jefe a pesar de su tristeza. Y también que se eche el azúcar y no deje de tintinear la cucharilla.

—Ya está —dice.

Luego, como ella no contesta:

—Bastante es que haya vivido hasta ahora.

Se beben sus cafés sin dejar de mirarlo. El jefe pregunta si no le importa cancelar sus compromisos para ayudarle a algo y ella contesta que no. Siempre le ha caído bien su jefe, pero le asombra lo poco que ha pensado en él hasta ahora, lo obvias que son sus carencias, lo natural que sea un adicto al trabajo o que su hija adolescente huya de él constantemente. Lleva años moviéndose por casas vacías, acumulando un dinero que no gastará, tiene un sentido del humor anticuado y unos pelos en las orejas que alguien debería decirle que se quite. Es curioso: trabaja para él desde hace más de seis años y sin embargo no había pensado en esas cosas tan simples. Ahora le conmueve su tristeza como la de un familiar un poco incapaz para la vida. Y sin embargo la muerte es real. El sol y el calor llenan la oficina de un olor cargado. El jefe le dice que ya ha previsto todo, que tiene una pala en el coche y le gustaría enterrar al perro en un sitio de la sierra al que solían ir juntos. Ella le mira abriendo mucho los ojos.

—Lo sé —dice—, parece una broma.

Entonces ocurre algo extraño, los dos se empiezan a reír. A reír como solo se ríe cuando alguien muere,

74

como si la risa rebotara en un hueco liviano y a la vez terrible, y, cuando paran, el jefe coge un saco que tenía guardado en el cajón de su escritorio, meten al perro en él y lo llevan hasta el maletero entre los dos. En el coche tienen un extraño momento de serenidad. Afuera el mundo cumple con sus obligaciones, pero ellos van hacia la sierra con un perro en el maletero y las ventanillas bajadas extrañamente aliviados, por no estar muertos quizá. La muerte es tan real que provoca una ominosa aura de alegría. Hablan de los veinte días de vacaciones, que empiezan mañana. El jefe le dice que no sabe qué hará, que estaba esperando a ver cómo se resolvía lo del perro, y que ahora depende de que su ex le informe de los días que tiene con su hija. Ella le dice que no lo ha hablado aún con el hombre con el que vive. Irán, supone, a alguna playa del norte. Es extraño que no lo hayan decidido aún.

Y cuando llegan al sitio, a ella le entran ganas de ayudar y le pide la pala. Es un arroyo más bien feo, cerca de unos aparcamientos, pero lo bastante oculto como para pasar desapercibido. Entiende que, a pesar de su fealdad, se haya convertido en un lugar privado. La luz se diluye entre los árboles y el musgo de la orilla parece una piel lustrosa con la que debió de jugar el perro muchas veces. Cuando sopla la brisa algo recorre ese lugar, una conciencia, quizá, de lugar privado. El jefe entra en un silencio taciturno y se van turnando para cavar sin decir nada. Es como compartir un ejercicio físico, una clase de remo. El cansancio impone su propia solidaridad y tras más de media hora se sonríen empapados en sudor, sorprendidos de que sea tan brutalmente cansado hacer un agujero tan pequeño. Introducen el cuerpo y, al golpear, suena como un saco de cemento. No es lo bastante profundo y acaba dejando un promontorio. Ella piensa que la primera tormenta de verano lo acabará destapando pero ni ella ni él estarán ahí para verlo.

—Gracias por la compañía —dice el jefe, dirigiéndose al perro.

Luego se queda unos instantes en silencio y a ella le aterroriza la posibilidad de que al jefe le dé por rezar. Piensa en cuando era niña y clavaba la mirada en el cielo hasta sentir el vértigo de la caída, en cómo, para compensar, pensaba que el alma no era algo incorpóreo, sino una cosa sólida y pequeña, como los botoncitos de nácar de los chalecos y las camisas de encaje, piensa que el alma del perro cae invertida hacia el cielo y ya no le avergüenza cuando se acaba el silencio y siente el cuerpo de su jefe renqueando por el llanto, ni tampoco cuando se acerca a él y le pone, por solidaridad, una mano en el hombro, a la que responde el jefe con un abrazo rotundo e inesperado. Le abochorna un poco el cuerpo cargado de su jefe, sus hombros, el sudor corporal mezclado con ese perfume que lleva oliendo a diario todas las mañanas desde hace seis años, apenas sin prestarle atención. Es como abrazar a un padre, a un profesor, a un cura. Como abrazarlo en el momento en que deja de serlo.

Acaba ahí. La muerte es persistente, pero la vida más. La vida engulle la muerte del perro como lo banal engulle lo solemne, sin complacencia: se separan un poco avergonzados, tienen sed, hay que echar gasolina para volver a la ciudad. En el viaje de vuelta, mientras el jefe conduce, ella abre el cuaderno de la inmobiliaria y repasan una por una las ventas pendientes.

–Tenías razón.

–¿En qué?

–En que esa casa era un hueso. No ha habido ofertas, ¿verdad?

Ella siente un escalofrío, el de las semanas que lleva bloqueando a todas las personas que preguntan o se interesan por ella. La mujer que la visitó el primer día y que parecía tan interesada no resistió dos mails sin contestar. Y otro hombre, que inicialmente parecía interesado, después de tres llamadas sin respuesta mandó un mail genérico a otro correo de la inmobiliaria que se titulaba: *¿Realmente quieren vender esta casa?* Pero ella pudo borrarlo a tiempo, antes de que lo viera nadie. Piensa en lo mucho que irritaría a su jefe saber algo así, de modo que le contesta que la ha enseñado más de una docena de veces, que hubo una mujer que se interesó al principio pero luego se desinfló.

–¿Por qué no me lo dijiste?

–Porque no salió al final.

El jefe frunce el ceño ante esa respuesta evasiva, tan impropia de ella. Tal vez en otro momento habría dicho algo, pero hoy lo deja pasar.

–Le damos un día más, hasta las vacaciones, y la dejamos ir. Tampoco vas a estar enseñándola toda la vida.

Y durante lo que queda de viaje, como los reptiles

ante la adversidad, ella siente que se oscurece un poco, y empieza a contestar con monosílabos.

Esa misma tarde, al regresar a la ciudad, va a la casa del padre, como por inercia. En la ciudad el calor hace que la gente se refugie en las terrazas. Lo propio del calor es su irrealidad, pero lo cierto, piensa, es que no hay ningún misterio: sencillamente los corazones bombean más lento. Y qué más da –sigue pensando–, al fin y al cabo, el pelo crece rápido. Medio milímetro al día, un centímetro al mes, quince centímetros al año. Más rápido en las mujeres que en los hombres. Más rápido en los niños que en los adultos.

En el cuaderno de la inmobiliaria ha mirado muchas veces el retrato que le hizo el niño. El trazo es muy basto. En algunas partes se vuelve doble, como si una línea fuera la reverberación de otra o hubiera dos retratos superpuestos. Uno de los ojos es más grande, la nariz está hecha con una raya y la boca con un agujero chato, repasado dos veces. El pelo es muy corto. La expresión, ofuscada. Lleva la camisa abierta hasta el esternón. A ratos piensa que el niño se ha reído de ella en ese dibujo. No dijo nada mientras la dibujaba, pero farfullaba mucho, su afectación parecía coincidir con la creencia de que se puede dibujar a una persona. A ratos piensa que los elementos de su rostro no tienen relación entre sí. Que la ha dibujado, tal vez, del mismo modo en que provocó el reflejo, repitiendo insistentemente un solo gesto hasta volverlo siniestro. Los ojos y la nariz no tienen relación, la boca es de otra persona,

78

pero el pelo resulta esencial, con una extraña precisión. Más que el pelo real, parece un corte deseado. *Qué más da,* piensa. Y llama al telefonillo del padre. Luego, cuando entra en casa, esquiva su mirada y va directamente hasta la cocina con la excusa de que necesita un café.

–¿Podrías cortarme el pelo?

–¿Ahora?

–Sí, ahora. ¿Puedes? Me voy de vacaciones mañana y me empieza a molestar.

El padre la estudia con su mirada de gurú-peluquero. En su infancia le asombraba la rendición de las mujeres ante esa mirada. Días de espera para pasar por sus manos materializada en una agenda repleta de citas, cancelaciones, reasignaciones, todo un collage de tachaduras y números de teléfono. No era una cuestión de seducción, sino algo parecido a una creencia: como si todas esas fotografías con peinados recortados de revistas fueran una promesa abstracta, hecha por un profeta dudoso, y solo la mirada de su padre pudiera confirmar su posibilidad real.

–¿Va todo bien?

–Sí, claro.

Siente, tan cierta como el calor, la desconfianza de su padre. También su gentileza. Finge no darse cuenta de nada, y tras un pequeño baile por la cocina buscando unas cucharillas, mientras ella forcejea con la cafetera, él se acerca y le dice:

–Se desenrosca al revés.

Ya está, convertida en una niña. Siempre es así. Su padre gurú-peluquero. Su vergüenza y su orgullo. Pero

79

ella no es como aquellas mujeres. Tampoco es como su madre. Ella es distinta. Habría preferido ser neutra, que su nariz no llamara tanto la atención. Habría preferido ser casi invisible. Durante la adolescencia tuvo una breve etapa de feísmo. Se pasó un año encorvada y con ropa dos tallas más grande hasta que se dio cuenta de que provocaba justo lo contrario de lo que pretendía: una leve sonrisa sarcástica en los demás. Luego, cuando regresó a su cuerpo, le sorprendió que el movimiento que le faltaba fuera precisamente el contrario: resignarse a su belleza tal y como otras personas se resignan a una humillación. Cuando lo descubrió, dejó de molestarse.

–¿Tienes alguna idea de cómo lo quieres?

Ella saca el cuaderno y le enseña el dibujo del niño. Su padre no bromea ni se asombra. Virtud de peluquero. Estudia el dibujo de cerca.

–¿Quieres el flequillo a un lado o recto?

–Recto.

–No te va a quedar bien. Tu cara es demasiado afilada.

Por eso eran capaces de esperar tanto aquellas mujeres, piensa ella, por esa forma de hablar de su padre, casi con desgana, sin la pasión engañosa de quien confía en la belleza.

–Lo sé, no me importa. Es para otra cosa.

–Como quieras.

Luego, tras el café, se sientan en la cocina. El padre le prende una vieja sábana de la peluquería al cuello y se la extiende sobre los hombros. Ella cierra los ojos cuando siente el roce. El padre sopla los pelos que le van cayendo sobre la cara y, junto al soplido, le llega su aliento familiar. Cada vez que piensa en un hombre piensa en ese olor, impregnado en su pituitaria desde niña. En ocasiones, durante la intimidad con otros hombres, le ha llegado también un olor semejante y ha sentido un extraño placer confirmativo. Luego siente cómo los dedos de su padre se cierran en una pinza agarrando toda la melena por debajo de la oreja.

–¿Por aquí?

–Sí.

–¿Segura?

Ella asiente.

Y a continuación el sonido inconfundible, tan parecido a cortar carne con una tijera.

Pero aún falta una cosa para concluir ese día: sucede al llegar a casa, varias horas después y ya de noche. El hombre con el que vive la está esperando. No está donde suele, en la cocina y preparando la cena, sino sentado en el cuarto de estar, inmóvil y con una copa de whisky. Parece darse ánimo, ha repasado media docena de veces una conversación mental. Enorme como es, tiene el aspecto de un menhir apoyado junto al sofá. Luego, cuando ella entra, le desconcierta tanto su aspecto que se queda mudo.

–Te has cortado el pelo –dice.

Ella no sabe qué contestar. Va hasta la mesa del salón, deja el bolso y por primera vez tiene conciencia de lo desastroso que es su aspecto después de una hora cavando y con ese corte de pelo. Se vuelve de nuevo hacia él. Ve su mutismo, su whisky extemporáneo, su cobardía. Suma todas esas cosas a la electricidad anti-natural de su mirada.

–Me vas a dejar –dice.

Órdago.

Al hombre con el que vive le sorprende tanto sentirse descubierto que apenas consigue cerrar la boca. A ella le sorprende tanto haber acertado que le da un escalofrío. No siente amor ni desamor. No siente nada. Es como si hubiese disparado al aire sin mirar y un segundo después hubiese visto un cóndor a sus pies. Luego, cuando se sostienen la mirada, les cubre una ola. Piensa que los hombres como él se pasan la vida huyendo de esas situaciones, por eso siempre las afrontan mal, y que las mujeres como ella se pasan la vida esperándolas, por eso siempre tienen la sensación de que ya han sucedido.

–No eres tú –dice balbuceando–, no tiene que ver contigo. Voy a volver con mi mujer. Nos hemos reencontrado.

Han empezado a destiempo, saltándose burdamente toda una conversación que ya no podrá recuperarse. Ahora, intuye, comenzará un baile torpe, regresar para poder avanzar, decir *hola,* para que tenga sentido decir *adiós.*

–Supongo que lo sabía desde el principio –dice ella.

–¿Lo sabías? –pregunta el hombre, desconcertado.

Tiene el mismo aspecto que cuando lo vio por primera vez al enseñarle esta casa en la que han acabado viviendo: inseguro, guapo contra todo pronóstico.

–¿Estás enamorado?

–Sí, creo que sí.

–No te sienta muy bien.

El hombre con el que vive se ríe a carcajadas, liberado.

–En eso tienes razón, no me sienta muy bien.

Hay un silencio.

–Escucha –dice ella–, ha sido un día muy largo. Me quiero duchar. ¿Por qué no preparas la cena y abres un vino y me cuentas tranquilo cómo es eso de que quieres dejarme?

Está en el límite, ese tono humillante, como a un perrito.

–Eres increíble –dice él.

En la ducha su propio cuerpo parece distinto. Hay una fatiga y un placer de los ritos: del desvestirse, del agua caliente, de la desnudez. Como en los días del reflejo, cuanto más cercano, cuanto más fascinantemente cercano, más prestado le parece ese cuerpo: los huesos de la pelvis, esos dos promontorios desiguales, las venas azules de la doblez del codo, la x tumbada en el interior del ombligo, la tarea perversa de tener que lavar todas esas cosas para que sigan teniendo una dignidad, de hurgar en cada intersticio para rescatar la mugre que la vida deja en ellas, el miedo de no sentir nada y, superpuesto, el placer del agua y el jabón, de haberse cortado el pelo, de saber que el hombre con el que vive hace la cena y se desespera ahí fuera.

Luego, cuando sale, toda esa nobleza se descarrila. Él sigue nervioso. Tal vez es la mera idea de regresar con su mujer lo que le crispa. Tal vez son esas palabras, *eres increíble*, o lo alejada que es esa escena en suspenso de la escena de llanto que esperaba provocar, la pura nostalgia natural de cualquier cosa que se cierra, por pequeña o poco memorable que haya sido, o ese pelo corto que todavía mira con asombro alucinado. A ella se le pasan las ganas de humillarle. En vez de eso mira esas líneas que no verá más, trata de retener en la memoria esos labios y esa expresión inadecuada, de recobrar la nobleza de esa nariz y de la frente.

–Vas a estar bien –le dice.

–Claro que voy a estar bien –responde ella, molesta.

Entonces empieza a mesurar mejor la situación, repliega su orgullo y se da una tregua de su papel dramático.

–Estás guapa, te queda bien el pelo corto.

Luego, como si el piropo le hubiese devuelto una especie de dignidad, suelta por fin su discurso: jamás habría podido prever algo así, ha sido más fuerte que él, es muy consciente de que está abocado al fracaso, pero no siente que pueda hacer otra cosa. Y es extraño: todo eso lo dice cenando con apetito, sin dejar de beber, incluso cuando por un instante se le quiebra involuntariamente la voz. Ya en el postre el hombre con el que vive se permite también un reproche que suena muy real: nunca ha conseguido conectarse con ella, nunca ha sabido quién es. Y cuando dice eso, mientras ella sonríe, añade algo absurdo: *Eres más real que yo.* Luego le da la mano y le acaricia la cara. Un gesto que empieza fraudulento y acaba siendo sincero.

Contra todo pronóstico ella siente su lujuria, una lujuria parecida a la que les invadió cuando se conocieron, en esa misma casa, hace ahora dos años, cuando le enseñó las fotografías de aquellos hongos de una belleza imposible. *Crepidotus, Mycena interrupta, Marasmius.* Ahora que ella es una persona distinta y que él también lo es, pueden volver a sentirla. Es como un sarpullido bajo la piel, como esos hongos. Y, por absurdo que parezca, la lujuria le hace pensar en el niño. En que el niño vive siempre así, en un mundo disociado, donde los sentimientos van siempre un paso por delante o detrás de los cuerpos.

Un segundo después, se están besando, y otro después, están desnudos. Se parece a afanarse en la idea de otro, a hacer algo inútil solo porque aún se es capaz de hacerlo.

Se parece, piensa, a quemar el puente.

Tarda dos días en planearlo, los mismos que emplea el hombre con el que vive en llevarse sus cosas del apartamento, y el día en que cierran la oficina por vacaciones ya sabe lo que va a hacer. Va a la última reunión en la inmobiliaria con una mochila: varias mudas de ropa, algo de comida. Sabe lo que va a hacer, pero no con exactitud lo que desea. Puede expresarlo en imágenes y frases sencillas, pero le parece que esas imágenes y frases contienen un enigma hasta para ella. No siente dolor. No siente apego. El mundo que queda atrás; el del padre y el hombre con el que vivía, el de la inmobiliaria y la amiga, es un mundo inconsistente. Piensa en Alicia y el Conejo Blanco y durante el día previo se siente como en esa caída a la madriguera, suspendida a una velocidad suave. No es verdad: nadie ha engañado a Alicia. Ni el Conejo, ni ninguna otra cosa. Alicia quiere bajar al infierno. ¿Para qué? Para sentir, tal vez. Leyó una vez que también los soldados que van a la guerra lo hacen misteriosamente livianos.

¿No es como si todo se hubiese dispuesto con delicadeza: la partida del hombre, la muerte del perro, el amor del padre? Hasta la amiga llama accidentalmente la noche antes y están toda una hora al teléfono, hablando de nada. Una conversación armoniosa, como una coreografía de sentimientos infantiles. ¿No es eso el amor: una charla infinita y blanca, sin propósito, mera confirmación de la presencia? Pero luego, cuando cuelga, la invade una sensación de tristeza. Como a Alicia, tal vez, cuando descubre que no será la caída lo que la destruya, que tendrá que seguir persiguiendo al Conejo para siempre.

Cuando entra en la casa, apenas sin luz, es precisamente el miedo lo primero que la asalta. Por primera vez el niño no está. Le cuesta un poco sobreponerse a esa decepción, como quien se ve obligada a esperar una cita que pensaba instantánea. Y enseguida, contra todo pronóstico, lo que llega es el miedo. Un miedo sin referencia, como no recuerda haberlo tenido hasta ahora. Lo siente al recorrer la casa vacía, en la penumbra granulada, en la masa azul que contrasta con el crepúsculo exterior. La casa la desconcierta un poco. Huele a jazmín. No recuerda haberlo sentido antes. Por otra parte, conoce tan bien el espacio que basta rozar las paredes para orientarse.

Durante la siguiente media hora aún puede ver algo. Su mirada se adapta a la oscuridad. Podría encender la luz, pero no lo hace. Se recluye en el dormitorio, saca unas mantas y las pone sobre el suelo, haciendo una almohada con el vestido. Abre la cristalera que da al jardín. La cama improvisada le recuerda unas fotos de un reportaje que vio en una revista sobre unos mendigos del metro de Moscú. Expulsados de sus casas por impago, habían improvisado sobre el andén todos los espacios: cuarto de estar, dormitorio... Más que mendigos, parecían hombres y mujeres de las cavernas. También ella se siente como una mujer prehistórica. Hace tanto calor que podría dormir al raso. Antes de que el miedo empiece a agitarla, cierra los ojos y hace un ejercicio de respiración. Inspiraciones y espiraciones largas. Y a medida que se agita el pulso piensa que, si es capaz de no abrir los ojos, si consigue cruzar esa noche, se convertirá en otra persona. Luego el miedo se estanca en su propia conciencia: destensa la mandíbula, relaja todos los músculos del rostro, los labios, los pómulos, y cuando llega a los ojos siente que algo presiona sobre ellos, una cosa liviana, como el peso de una moneda. Y entonces se abandona. Al final es más sencillo de lo que creía. Se abandona como si, por primera vez en su vida, verdaderamente en serio, no le importara morir. Y entonces sonríe. ¿Es eso lo que sentía Alicia? ¿Es así la euforia de los soldados?

Al abrir los ojos por la mañana se queda inmóvil unos segundos, tratando de ubicarse. Es como despertar en un hotel al que se ha llegado muy tarde y del que apenas se ha registrado nada por cansancio; donde ayer había una habitación vacía y en penumbra, hoy hay un luminoso dormitorio habitado. Nunca habría imaginado así la casa. Tumbada en el suelo, ve una alfombra con motivos persas y, con solo extender la mano, comprueba su tacto denso, la rigidez de sus nudos y la suavidad de los flecos. En el otro extremo de la habitación, una enorme cama de matrimonio con dos mesitas de noche, todas de caoba y con formas sencillas. Conoce tanto la casa que percibe que uno de los tabiques ha cambiado levemente de lugar: ahora la habitación es más pequeña, reducida por un vestidor, y el baño en suite tiene la puerta entreabierta y la luz encendida.

Entiende la dimensión al incorporarse. El espejo que está junto al armario amplía la habitación y la ilumina. Hay un cuadro abstracto con algo parecido a dos grandes habas color tierra rodeadas por un halo granate. Hay un pequeño escritorio, una butaca de fieltro color pastel, un secreter pequeño. La cama está deshecha. Da la impresión de que las personas que han dormido allí se han vestido apresuradamente antes de salir. Lo confirma la chaqueta de lino azul de la silla y el vestido color pistacho que cuelga de la cama, el aire removido, la rutina de dos personas, apenas rozada con la punta de los dedos.

Tras el dormitorio, está el salón comedor con la cristalera que da al jardín. A diferencia de la sobriedad anterior, hay allí toda una estantería hinchada de libros, abarrotada de estatuitas, fotografías, objetos de plata. Tan prolijas para todo, las personas que viven en la casa, parecen haber utilizado ese mueble como cajón de sastre. Siente una especie de repulsión fascinada por lo diminuto; un trofeo de caza, dos colmillos de jabalí montados sobre un soporte dorado, cucharitas de té, cuatro pesos de medida en orden descendente, un busto de porcelana, tres búhos de marfil, el perfil en sombra de un muchacho del siglo XVIII, tal vez un centenar de libros, casi todos manuales de derecho mercantil, leídos por nadie, mera utilería decorativa, con sus gruesos lomos encuadernados en negro. El resto del salón es muy amplio y, por contraste, está casi vacío. Hay un mueble con varias botellas de licor, un sofá Chesterfield frente a una mesita y un enorme cenicero de mármol gris. Es como si el buen gusto protegiera a esas personas de ser lo que son, como si se tratara de un maquillaje y, a la vez, de una delación involuntaria.

Y allí están por fin, sobre los estantes, las fotografías. Hay cuatro; dos de la familia al completo y dos más, una para cada uno de los hijos. Se acerca para verlos con la ansiedad de quien resuelve un misterio. El padre, la madre, el niño al que conoce, otro muchacho varios años mayor, casi adolescente, seguramente su hermano. Todos juntos componen un grupo cabal, conscientes de su clase. Una de las fotografías familiares es de una fiesta de Navidad, la otra de un verano, sobre lo que parece la cubierta de un barco. Menos en el caso del niño, son todos esbeltos y no muy apuestos. Coge el marco para observarlos mejor. El niño sonríe con su gesto pasmado de siempre y por primera vez su fealdad le produce una indulgencia extraña. No está soñando. Ese marco es real. Ese aire es real. Lo entiende mientras mira la imagen y siente la angustia de no saber dónde está, de no poder regresar a su mundo. Ese aire es real. La plata es densa como un hueso.

Mira la fotografía. La mira para cansarse de verla. Para cruzar el espejo. Siente que la estructura familiar supura lentamente la imagen. Lo intuye así: la madre es más fuerte, el padre, más débil. El hijo adolescente se parece a ella, el pequeño, a él. Bajo el vestido de la madre se intuye un cuerpo agraciado, pero su rostro es de una fealdad anodina. Tiene el pelo corto, es acomodaticia, tal vez cínica, no parece creer demasiado en nada. A diferencia de ella, el padre sí parece creer. ¿En qué? No se sabe del todo; en un apellido, en su oficio, en el dinero tal vez, un dinero viejo como un estrato.

Deja el retrato donde estaba y vuelve a girar sobre sí misma. Le resulta casi inverosímil que no esté allí el niño, pero no parece haber nadie en la casa. Sale al jardín. Ahora está radiante, primorosamente cuidado. Hay unos parterres con hortensias blancas, y tras la puerta trasera, un gran rosal. Casi tiene ganas de descalzarse para sentir la frescura del césped. Junto a la piscina, y apoyado en el muro de la casa, un enorme jazmín de casi dos metros, de un aroma tan fuerte que casi la aturde. Se inclina con la brisa primero a un lado, luego al otro. A continuación, un pequeño golpe de viento, y más tarde, otro golpe parecido. Un movimiento que parece a la vez natural y extraño. Si una mano lo agitara a intervalos rítmicos, no podría ser más precisa. Y ella intuye que es ahí donde está la clave, como cuando era niña y en un espectáculo le parecía ver el reflejo de la mano del mago, pero sin que se revelara el truco.

Otro golpe más. De nuevo la brisa agita el jazmín como a una cabellera humana. Y hay un chirrido también, algo reconocible, hasta que vuelve a ajustarse. Decide entonces contar hasta el siguiente golpe: veintinueve segundos. Una vez más la brisa, el chirrido. Y luego de nuevo: veintinueve segundos. La brisa otra vez, el chirrido, el golpe del jazmín que se ajusta como una cabellera humana.

No es un golpe que se parece.

Es el mismo golpe.

Igual que en la brisa, también en el cielo hay un bucle. De entre todas las nubes que arrastra el viento, se concentra en la que está a punto de desaparecer tras el alerón del tejado, y a los veintinueve segundos, tras perderse de vista, vuelve a aparecer otra vez. Las sombras quedan corregidas, todo se reajusta con un golpe casi imperceptible. En los arbustos del jardín, las sombras se unifican de nuevo. Vuelve a tocar las ramas para asegurarse de que no sueña, quiebra una de ellas. A los veintinueve segundos la rama vuelve a estar allí.

Él también. También él ha aparecido. Lo ha ansiado tanto que casi tiene que reprimir un grito de alegría cuando lo ve. ¿Es el de siempre? Tiene el mismo flequillo, el mismo uniforme marrón, pero las manos en los bolsillos le dan un aspecto menos formal. A diferencia de las otras veces, hoy es un anfitrión. Tiene un aire más mundano y tranquilo. Este es su mundo, esta casa detenida.

Sonríe.

—Te has cortado el pelo —dice.

—¿Lo querías así? —pregunta ella poniéndose en cuclillas.

—Sí.

Lo entiende también en ese instante: el niño no es ningún fantasma, es un niño sin más, una criatura atrapada y viva, como una avispa en una garrafa de cristal. Igual que ella, tiene la precariedad de la carne que vive. Descubrirlo ahora con esa seguridad irrenunciable le eriza la piel, como si se tratara de un descubrimiento monstruoso, como si lo temible en el niño, más que la muerte, fuera la vida. Hay un corazón que late y unos pulmones que respiran, pero las pupilas siguen acristaladas, sin parpadeos.

—Qué bonita es tu casa —dice mientras él se termina de acercar.

—Todos dicen que es bonita.

—¿Y a ti? ¿No te lo parece?

—Sí. Antes teníamos otra, pero esta es mejor.

Ella se da la vuelta, ve cómo se reajustan las sombras, cómo el jazmín cabecea de nuevo en el comienzo de su bucle.

—¿Siempre se repiten las cosas?

Él asiente con gesto abstraído. Luego se quedan mirando y ella, que nunca ha tenido ese tipo de pensamientos, piensa: *Teníamos que estar aquí, los dos*. El pensamiento le produce algo cercano a la fatalidad, una extraña sensación de pertenencia. Ver la cara del niño es como asomarse a un acantilado, la sencillez de sus rasgos, lejos de banalizarlo, lo concentra. El brillo de los ojos acristalados se hace de nuevo más limpio. Olvida y recuerda que no pestañea, como se olvida y recuerda la enfermedad de un familiar cercano, pero cuando lo recuerda vuelve a sentir la extrañeza de que sea así. A pesar de eso, su forma de acercarse a ella tiene algo distinto, actualizado, una familiaridad asumida.

—¿Sabes? Te he pensado mucho.

—Yo también —responde el niño—. Venías y te quedabas, como ahora.

—¿Por qué querías que me cortara el pelo?

—Las chicas son más guapas así.

A continuación, algo imprevisible: el sonrojo. El enamoramiento del niño es como una herida, como el pensamiento constante de los países pequeños en los países grandes. ¿Ha estado enamorado de ella todo este tiempo? Tal vez no lo esté en realidad. Parece, más bien, una fascinación, un embeleso. Ha ido condensándose en él hasta hacerlo vulnerable.

Y ella no sabe cómo aparece el recuerdo, ni siquiera si es un verdadero recuerdo o una emanación. Ese muchacho casi invisible, hace mucho tiempo. Tiene unos catorce años y le declara su amor. ¿Cuándo sucedió, en qué vida? Están, cree, en el instituto. Ella se escabulle varias semanas, cada vez que lo siente acercarse, como si fuera a contagiarle algo, pero una tarde, ya no lo puede evitar. Se da la vuelta y está ahí, con sus grandes ojos suplicantes, y le dice que la quiere. Más que un muchacho declarando su amor, parece un caso clínico. Balbucea, suda. Luego hay un silencio en el que piensa que va a echarse a llorar, pero se ríe. Se ríe a carcajadas, liberado de esa condena de muerte. Y, a pesar de la vergüenza y el rechazo, ella siente envidia. Envidia de esa risa, de esa roncha en la cara. Una envidia distante, incapaz de llegar a ese lugar en que los sentimientos se apoderan del cuerpo y hacen con él lo que quieren. Ahora siente una envidia parecida por el niño, aunque envuelta en delicadeza. Como si buena parte de ese sentimiento estuviese arropado en el temor de herirle, pero sobre todo en el respeto por lo que siente. Y también en el halago. Un halago como un bien precioso.

–¿Estás solo? –pregunta.

–No –responde el niño–. Mi madre está ahí.

Y señala la piscina.

Al acercarse para mirar, lo hace conteniendo la

respiración. Y antes de asomarse, no sabe cómo, le da la mano. Una mano viva. Ya no está caliente, como cuando le hizo el masaje, sino agradablemente tibia. Se la da con tanta naturalidad que tiene la sensación, más bien, de encontrársela.

Bajo el agua, una mujer bucea de un extremo a otro de la piscina con una elegancia erótica. También ella es un bucle. Un bañador parecido, de idéntico color burdeos, tuvo ella hace años, y le gustaba tanto que acabó destrozándolo de tanto usarlo. En la mujer tiene una contundencia particular, la que produce la ropa elegante sobre los cuerpos esbeltos. Bajo la superficie del agua, su figura se alarga y contrae por efecto de la refracción. Reconoce la estructura de hombros que vio en la madre en la fotografía, el pelo corto, el perfil anodino. La mujer llega hasta el extremo de la piscina y da la vuelta sin salir a la superficie, impulsándose desde debajo del agua. Es un cuerpo tenso, lleno de jactancia. La sigue hasta el final, arrastrada, más bien, por ella.

–Yo tuve un bañador parecido –dice hipnotizada–, me gustaba mucho.

–A ella también –dice el niño.

Pero cuando llega al borde más lejano de la piscina vuelve a impulsarse desde debajo del agua, sin salir. El niño la mira con atención, pero sin afecto ni asombro. Parece mentalmente pendiente de otra cosa, de un detalle quizá, de la forma en que los pies de su madre se agitan levemente antes de llegar al extremo para luego volver a impulsarse.

Es difícil determinar dónde comienza y termina el

bucle. La transición es tan perfecta que da una sensación mitológica: una criatura humana con poderes anfibios condenada para siempre a bucear de un lado a otro de una piscina. Y sin embargo, cuanto más la mira, más se delimita esa fascinación, angustiosa primero, y neutra después. Más aún, tras pocos minutos, la misma imagen se hace insoportable. Da la sensación de que las articulaciones de la mujer van a girarse hacia lugares insospechados o, peor, que está a punto de voltear la cabeza sin dejar de bucear boca abajo, revelando unos dientes afilados, como una sirena. Es la repulsión al pez, que siempre ha sentido. El asco de las branquias. El rechazo a las pieles finas y viscosas.

–¿Y tu padre? –pregunta de pronto, para huir.

–Allí –responde el niño, señalando la casa.

Van juntos hasta el salón, y luego al vestíbulo. Da una sensación armoniosa atravesar la casa junto al niño, como si cada una de sus transiciones tuviera los pasos contados. La visión apenas dura unos segundos. A diferencia de la madre, el padre tiene un aspecto tan cotidiano e inofensivo como una barra de pan. Visto de cerca, no parece tan delgado como en la fotografía. Tiene algo más de cincuenta años, la espalda estrecha, el pelo casi rubio, unos pantalones blancos y una camisa beige. Al verle se hace evidente una cara infantil oculta tras la barba. Tiene unas manos pequeñas, absurdamente finas. Termina de ponerse una chaqueta junto a la puerta, se da un toque en el pecho para comprobar que lleva la cartera y se acomoda el flequillo con la punta de los dedos. Luego se apoya en el pomo y, cuando está a punto de salir, desaparece. A continuación, como si hubiese brotado de nuevo junto al perchero, vuelve a ponerse la chaqueta, se asegura de que lleva la cartera con un toque, se peina otra vez, vuelve a dirigirse hacia la puerta.

Es solo alguien que se marcha.

Alguien que estaba ahí hace un segundo y huye, atrapado en un gesto que es, tal vez, un resumen. A diferencia de la madre, la semejanza con el niño resulta amable en el padre.

—Te pareces —le dice.

—Desde aquí hasta aquí, mi padre —responde el niño, tapándose la mitad superior de la cara—. Desde aquí hasta aquí, mi madre —dice, tapándose la inferior.

Una frase hecha, repetida quién sabe cuántas veces, descubierta por otro, pero que el niño ha asumido para siempre.

Por el hermano ni siquiera tiene que preguntar, es el mismo niño el que la acompaña de la mano. Más que un gesto sentimental, darle la mano es un acto superviviente. Si se soltaran, tal vez se perderían, pero le gusta ser consciente de cada uno de sus dedos, de la forma en que el dedo pulgar del niño presiona sobre el dorso de su mano.

Está sentado frente a la mesa del comedor.

Tarda en verlo.

Como un reptil camuflado al que solo se percibe cuando mueve mínimamente una pata, se da cuenta de que está allí cuando el niño se lo señala con la mirada. También él se parece al niño, pero con cinco o seis años más. Es idéntico a la foto. El mismo flequillo prolijo, la misma camisa blanca, el mismo pantalón de lino,

98

pero, en él, largo. Bajo la nariz alargada, unos labios femeninos y la sombra de un bigote. En ese batiburrillo de rasgos preadolescentes se perfila el rostro que será. Está escribiendo. Lo hace concienzudamente, con la seguridad de la importancia y el vigor con el que solo se escribe en la adolescencia. Cuando llega al final de la línea, levanta la cabeza y dice:

–Mamá está enferma, idiota, ¿no te enteras o qué? No va al viaje, no va a ninguna parte.

Y a continuación se inclina y vuelve a escribir de nuevo, pero en un folio que permanece blanco.

–Mamá está enferma, idiota, ¿no te enteras o qué? –repite–. No va al viaje, no va a ninguna parte.

Para protegerse, para no enloquecer, el niño ha creado un juego sencillo, una transición que repite una y otra vez: primero el jardín, donde se detiene frente a la piscina, luego el vestíbulo, junto al padre, desde allí el salón, con el hermano, luego a la cocina y a la planta de arriba, a continuación, cuando llega a su cuarto, se tumba en la cama con la cara sobre la almohada, y da puñetazos y patadas sobre la colcha, pero unos puñetazos desprovistos de ira, una representación escolar. La primera vez que le ve hacer eso se queda un poco asombrada, pero luego lo acepta como una cosa más, tan inevitable como el cabeceo del jazmín, o los reflejos del agua sobre el cuerpo de la madre. En el abismo del bucle, la sucesión de esas cosas son lo único fijo, la única secuencia registrable. A falta de otra medida para calibrar el tiempo, el niño ha hecho un reloj con esos episodios: la enésima vez que la madre bucea de un lado a otro o que el padre se marcha de casa.

—¿Cuentas todas las veces? —le pregunta cuando le ve tumbarse en la cama para patalear.

—Todas —responde.

Pero no se atreve a preguntarle el número.

Por primera vez le parece una criatura muy vieja, un pez fósil que ha cruzado un tiempo geológico, pero sin dejar de ser niño. Intuye también que en ese tránsito, repetido quién sabe cuántas veces, el niño ha hecho muchas cosas, variaciones medidas, gestos delicados, juegos. Piensa que tal vez algunos de esos juegos o restos de juegos están ahora en la formulación de cada uno de esos gestos que el niño repite, como la piedra diminuta está contenida en la cordillera de la que fue parte, o la frase condensada de un verso, en el magma de todas las posibilidades de la lengua y los sentimientos que puede enunciar. Tal vez, piensa, en el tránsito de todas esas veces que ha pasado junto a los bucles, el niño ha tenido también extraños movimientos de locura, días en los que saltó a la piscina o golpeó al hermano, en que se interpuso entre el padre y la puerta. Tal vez, sin dejar de ser niño, ha bordeado el espacio de la aberración, ha entrado en la locura y salido de ella. No puede saberlo con certeza, pero cuantas más veces hace el recorrido junto al niño, más le parece que cada uno de sus movimientos es, en realidad, la destilación de innumerables movimientos y también el condensado de sus errores, las cosas que hizo y no volverá a hacer, los espacios que cruzó y ya no cruzará más. Como una materia oscura, como los agujeros negros del espacio, hay también un lugar en que atrae posibilidades que no se darán más, que marcan y deciden las órbitas.

No le pregunta por qué ha ocurrido eso, ni si ha intentado escapar. Da por descontado que lo ha intentado y que todos los intentos han sido humillantes. En realidad, todo rezuma una impotencia y una belleza infinitas: el golpe de la brisa sobre el jazmín, la mujer que bucea en la piscina, la nube que reaparece tras el alerón. A ratos las mismas sensaciones físicas se confunden. La respiración se vuelve cada vez más pesada. Por momentos siente que le cuesta respirar.

–No hace falta –dice el niño en un momento en que la ve jadear, como si recordara una angustia que tal vez sintió.

Y poco a poco también ella controla esa sensación de que no haya aire en el aire. Sin dejar de oír su respiración, aprende el modo de restarle importancia, hasta que de pronto queda sumergida, envuelta en un flujo innecesario. Más que satisfacción, siente solo el automatismo del gesto: abre la boca y succiona la nada, deja que la nada salga de su interior. Y entonces se produce una especie de euforia, le parece que ha esperado siempre este instante, que lo que ha hecho hasta ahora no era más que el prólogo de este gesto: el verdadero respirar.

Regresan al jardín, suben al dormitorio, ven también a la madre buceando desde la planta de arriba porque tiene un recuerdo de esa imagen que se desliza, pero ahora con una perspectiva de pájaro, y de nuevo el vestíbulo, y el cuarto de estar.

—Mamá está enferma, idiota, ¿no te enteras o qué? No va al viaje, no va a ninguna parte.

Por momentos no sabe si se mueven. Es como si se evaporara la sensación de tránsito entre las distintas escenas, el camino que va de la piscina al vestíbulo, y de allí al salón, y luego al dormitorio. Dentro de la casa esos espacios parecen, en cierto modo, estancos.

No sabe si el niño le enseña esas cosas o si es ella quien las descubre. Tiene una leve conciencia de que caminan por la casa, pero también de que están inmóviles en la cocina, sentados en el sofá del cuarto de estar, de que salen de esos cuerpos que caminan y se ven a sí mismos desde afuera, recorriendo eternamente la casa, una mujer y un niño dados de la mano. Sabe que se acaba la necesidad de pensar en él, que la mera superficie de la realidad se aligera. A ratos le parece que no hay tercera dimensión. Adelanta una mano para tocar algo y descubre asombrada que no es que sea más pequeño, sino sencillamente que está más lejos. Cada vez le cuesta más descifrar si algo es una sombra provocada por la luz o un cambio de coloración del objeto, si la cara del hermano cuando escribe sobre la mesa del cuarto de estar es la mitad más oscura o si cambiaría de color si se inclinara, si estuviera en el jardín o el dormitorio. La realidad se parece a un diorama, pero uno en el que pueden vislumbrarse todas las dimensiones:

el niño de lado y de frente, la casa desde dentro y desde afuera.

Al igual que el niño, también ella empieza a acostumbrarse a esas tres personas en bucle que habitan en la casa. No sabe cuándo empieza esa sensación, ni si se produce en una sola observación o en múltiples. Sabe que recorren esa escena muchas veces, o quizá una sola vez, alargada y múltiple, infinita, siempre de la mano, hasta que llegan a la cama, donde el niño se tumba y patalea invariablemente, pero no sabe si ese ciclo es largo o corto en sí mismo. Es incapaz de determinar cuántos de los viejos minutos compondría la secuencia completa: la madre, el padre, el hermano, el llanto, el pataleo. Le parece que, aunque compuesta por unos elementos limitados, la secuencia mide un tiempo sentimental y, por tanto, incalculable: el tránsito de la percepción de un dolor, la búsqueda de unos aliados, la soledad. El niño se alza lo suficiente, pero solo para volver a caer.

Empieza entonces a prestar verdadera atención a las cosas. La casa se llena de detalles. Los objetos que antes componían las escenografías se adensan cada vez más. A ratos los toca: una flor cortada que hay sobre la mesita del dormitorio, una barra de labios y tres pequeños frascos de perfume sobre el tocador, dos candeleros esbeltos para una sola vela apartados junto a la estantería del salón. Son y no son los mismos. La bata que está junto a la piscina en la que bucea la madre tiene el borde mojado, porque ha quedado junto a un pequeño charco. Tras agotar la forma de los reflejos sobre el cuerpo, las sombras del jazmín y la de los tirantes del bañador, piensa que cuando la madre se ponga esa bata sentirá la molestia de que se haya mojado, mirará con disgusto hacia abajo y se culpará de haberla dejado en ese lugar. Pero para que eso se produzca Aquiles tendrá que alcanzar a la tortuga, la madre tendrá que emerger a la superficie, recorrer la distancia infinita de ese espacio minúsculo.

La falta de tránsito entre las escenas impide saber si la vez que se fija en la ceja del hermano y la compara con la ceja del padre es una atención involuntaria, o si efectivamente ha ido de un lado a otro, junto al niño, si ha prestado atención a ese punto en concreto durante innumerables secuencias para compararlos luego. La narración se quiebra de atrás hacia delante, no sabe si el padre se va porque la madre nada o si el hermano escribe porque el padre se va. No sabe si esos gestos están relacionados o si navegan solos, como asteroides perdidos, cada uno en su órbita independiente.

A veces hablan también, pero en una conversación entrecortada, llena de sobrentendidos. Se parece a desarrollar cientos de conversaciones, pero sin que ninguna de ellas llegue a ocuparlo todo, como la mera posibilidad de un diálogo múltiple en el que uno de los dos utilizara al otro para corregir su percepción del mundo, pero sin saber si responde a la pregunta que se acaba de hacer o a una pregunta pretérita, disuelta ya en la espesura de la intención.

–Siempre hace eso –dice el niño, cuando están frente a la madre.

Y ella registra *siempre*, registra *eso*, pero luego piensa que ya no hay necesidad de preguntar a qué se refiere, si al golpe de los pies, a la forma en que mueve la cabeza o a algo más distante aún, algo en lo que piensa el niño y en lo que tal vez pensará ella dentro de mucho. Una respuesta para una pregunta que aún no ha formulado. Y llegado cierto punto se separan. Tal vez se pierden. Llegan al jardín, ella se da la vuelta para buscarle y siente que se esfuma la mano del niño. Cuando abre la boca para llamarle, no puede hablar. Entonces recorre el itinerario cada vez más apurada, tratando de gritar sin conseguirlo. Más que una incapacidad circunstancial, es como si algo le hubiese arrebatado el tracto fónico: las cuerdas vocales, los dientes, la lengua, como si el interior de la boca fuese una simple oquedad húmeda, pura encía sin órganos ni garganta.

Luego, de pronto, lo encuentra en la habitación, fingiendo que llora.

–Hola –dice.

Y ella contesta:

–Hola.

¿Es ahí donde sucede? Tiene que ser ahí.

Un niño la ha sacado de la vida. Un niño la ha devuelto a ella.

Dice: *Hola,* y ella contesta: *Hola.*

Entonces lo siente.

Es como tirar de un hilo y comprobar en el otro extremo el aleteo de algo que se resiste. También como descubrir un sentimiento: la forma en que perfora el cerebro y adquiere inercia contra la propia voluntad, la energía con que se apodera de los músculos y se vuelve humillante, pero también un destino. Nunca lo había sentido. Si tiene que ponerle nombre lo llamaría «violencia», pero una que desconocía hasta ahora. Se la debe al niño, y también a este tiempo.

Y así es como lo descubre. Se parece, más bien, a una intuición, pero una que ha agotado todas las posibilidades de la especulación y ha entrado, por tanto, en la certeza: nadie lo ha rescatado, ni el padre, ni el hermano, ni la madre. Y él se ha dicho a sí mismo: *Bueno, ya está.* Se lo ha dicho con una voz delgada y furiosa, para convencerse de que no le importa. Nadie lo ha rescatado, ni el padre, ni el hermano, ni la madre, y luego la escena se ha repetido una y otra vez. Cada vez con menos sentido, cada vez más pacífica. Como un verdadero castigo. Hasta que se ha perdido en la casa.

¿Es ahí donde sucede? Tiene que ser ahí.

Un niño la ha sacado de la vida. Un niño la ha devuelto a ella.

Tal vez por eso, cuando el niño se dispone a bajar de nuevo hacia el jardín ella lo retiene, agarrándole de la mano. El niño la mira, asombrado. Algo se opone en él, la intuición, quizá, de que si se queda volverá a quebrarse y tendrá que abandonar ese mundo al que se ha habituado. Para calmarle, ella se acerca al armario y mete la mano bajo el cajón, donde calcula el recuerdo. La toca al instante, pero al sacarla siente un repiqueteo. La caja es la misma, taladrada de agujeros.

—Es muy bonita —dice antes de abrirla—, la encontraste en el jardín.

El niño parpadea. Una vez, dos veces.

¿Es ahí donde sucede? Tiene que ser ahí. Un niño la ha sacado de la vida. Un niño la ha devuelto a ella. Ella intenta no detenerse en la señal. Es como si el aire entrara de nuevo en la habitación. Como si el aire entrara y ella pudiera tocar el corazón del niño. Al abrir la caja, la langosta vuelve a parecerle de una elegancia refinada con su cuello de gabán y sus grandes ojos incrustados, pero ahora está viva. Al mirarla de cerca ve la boca, y unos dientes minúsculos que el insecto abre y cierra y también una hoja de lechuga mordisqueada.

—Hay que tener cuidado —dice él, poniéndole la mano encima—. Puede escaparse.

Pestañea de nuevo. Una vez, dos veces. ¿Es ahí donde sucede? Tiene que ser ahí. Es como si sus ojos se refinaran con el brillo del lacrimal. Ella no tiene que hacer ningún esfuerzo para recordar las palabras, le vienen naturalmente a los labios:

—Es tu prisionera. Piensas que a lo mejor le puedes construir un carrito con una caja de cerillas. Lo viste una vez. Luego, si encuentras muchas, podrías hacer un ejército.

Espera unos segundos. Virtud de peluquero. Aguanta la presión hasta que comprueba, como bajo una membrana, el sentimiento del niño. Nunca había sentido algo así: la banalidad y la contundencia de un sentimiento, una intimidad ajena. Se parece a tocar la panza de un perro y sentir, liviano, bajo la piel casi transparente, el movimiento de los pulmones, el flujo de la sangre.

–A lo mejor lo hago –dice–. Si encuentro muchas, podría hacer un ejército.

Ella siente que conoce al niño. Siente que ha esperado mucho tiempo a su lado, hasta que se ha puesto a su alcance. Ahora que lo está, esa soledad parece la suya. Nadie lo ha rescatado, ni el padre, ni el hermano, ni la madre. Y él se ha dicho a sí mismo: *Bueno, ya está.* Se lo ha dicho con una voz delgada y furiosa, para convencerse de que no le importa.

–Escucha.

Mira de cerca al niño. Tan cerca como si se sumergiera en él, como mira, quizá, la amiga de la infancia el rostro de Spiderman algunas noches, buscándose en cada uno de sus rasgos. Se limita a agarrarlo con fuerza, pero sin zarandearlo. Le parece que puede sentir bajo las palmas los pequeños huesos del niño y que él siente también sus manos y que ese contacto rompe algo entre los dos.

–Mírame bien –repite–, tengo que decirte una cosa.

Y antes incluso de empezar a hablar se da cuenta de que el sentimiento entra en él, que no dispone ya de mucho tiempo y que, del mismo modo que todo es imperfecto, también ese momento lo es, apresurado e íntimo. Afuera, el jazmín cabecea por primera vez, pero ya no regresa a la misma posición. El niño se lleva las manos a los ojos y se los restriega. Parpadea otra vez.

–Escucha –le dice–, no es culpa tuya.

–Sí.

La langosta da un salto y sale por la ventana vibrando, con unas enormes alas azul plástico. El niño pega un grito y salta para asomarse, pero ella lo agarra por los brazos y, ahora sí, lo zarandea. Lo zarandea hasta que consigue que la mire pestañeando con sus grandes ojos abiertos, como si despertara.

—Lo entiendes, ¿verdad? Dime que lo entiendes. No es culpa tuya. No es culpa tuya.

Dos

Sucede así: se pasa la tarde en casa, jugando a ser un caballo. Nunca deja de asombrarle eso; que pueda trotar y ser caballo y luego niño otra vez. Al llegar no se quita, como otros días, los pantalones marrones del colegio; con esa ropa el juego es menos evidente desde fuera y le gusta cómo se agita al correr. No se lo dice a nadie. No es vergüenza, aunque tampoco sabría decir qué es. Llega corriendo a casa, sube las escaleras de dos en dos, deja la cartera tirada sobre la cama, sale de su cuarto y ya es un caballo. Entonces pasa corriendo por el salón, las escaleras, la cocina, el cuarto de estar, el cuarto de sus padres. Lleva semanas perfeccionando el juego, la curva del pasillo hay que hacerla galopando deprisa y frenar luego, para no chocar contra la mesa del comedor. Cuando llega al jardín, ya es niño de nuevo.

Le gusta no poder adivinar sus propios pensamientos. Le gusta que ser caballo sea algo que no decide él, algo que le sucede. Es igual que con la madre. Nunca sabe si va a haber en sus palabras deferencia o esa necesidad un poco atosigante. Hay un goce de no saber qué será, algo que nace del entorno y vuelve a él, como si todos fueran un poco personajes. A veces regresa muy tarde, de noche, junto al padre y él espía sus ruidos desde la cama. Llegan atenuados, por el hueco de la escalera. No sabe a qué movimientos corresponden, pero sabe que exigen atención, que son delicados. Trata de diferenciar los de él de los de ella, los del padre más sencillos y secos; los de la madre precedidos siempre de un semirruido diminuto, como si cada cosa tuviera que estar inevitablemente asociada a su ensayo.

Sucede así: hay un aire de excepcionalidad en esa tarde. A diferencia de casi siempre, el hermano no está. Lleva tres noches fuera de casa, en una convivencia escolar. El padre también está de viaje. Llegará mañana a mediodía, en tren. Traerá, dice, un regalo. Cuando se va de viaje los regalos del padre son siempre sencillos: una brújula, unas cartas para jugar a la canasta, un libro. El cosquilleo se desdibuja casi enseguida, en cuanto los abre, pero él continúa con el teatro un poco más por el placer de verle contento, como si, en vez de alegrarse de manera descuidada, fuera él el encargado de prestarle al padre la emoción del regalo. Con la madre no es así. La emoción y sus gestos son cosas parecidas, más íntimas, más tristes también. Es como tocar un tejido. Como tocarlo y esperar una sensación que se confirma y tener miedo después de que no haya sido otra posible. Aun así, están bien cuando están solos. La casa es distinta. Juega a que es un caballo. Luego la madre llega y se vuelve más definida, también ella parece dar rienda suelta a sentimientos que no admite cuando están el padre o el hermano, o se hace más tímida, más violenta quizá, no sabe. Con la madre, a diferencia de con el padre, no hay que traducir las emociones, pero sí estar pendiente de ellas: son cambiantes y silenciosas, mudan como una temperatura bajo la piel.

El primer día que están solos se esconden los dos tras la empleada. Y como él se pasa el día en el colegio y la madre fuera, el único momento que comparten es la tarde y la noche. Él cena en la cocina, con la empleada, la madre una hora más tarde, sola, en el cuarto de estar, con la cristalera abierta al jardín. Él la mira cenar tumbado en el sofá del salón, luego ella fuma y llama por teléfono y él juega con las palabras que ella dice. Piensa que está muy guapa. Que, a diferencia de las actrices, en ella la belleza es algo que no sucede en el rostro, sino en los movimientos y en la ropa. Le sienta bien hablar por teléfono. Si se ríe, por ejemplo, y responde que no piensa ir, él les da la vuelta a esas palabras: *ir, piensa,* y pone la risa al principio. O se concentra en el borde de las colillas, ese borde rojo, como si alguien las hubiera mojado en sangre. ¿Piensa ella en él como él piensa en ella? Tal vez sí. Le parece que siente su atención, pero solo a ratos, como si necesitara que él estuviera allí, para poder distanciarse.

El primer día que pasan solos, cuando se va al dormitorio después de cenar, le deja tumbarse en su cama mientras ella se pone el camisón en el baño, y él oye el cepillo de dientes, y las pastillas, y hasta el pis, tras la puerta. Como nada puede impedir los sonidos nada entorpece la imaginación. Luego él le pide que le deje

115

quedarse un poco más, esa noche solo, y ella le dice que no, y él suplica, y ella dice que un rato, un rato nada más. Hay una especie de nitidez en la forma en la que cede su resistencia. Le gusta cómo fuma en la cama. Le gusta cómo enciende el cigarrillo, y el chasquido del mechero de plata y la voluta de humo blanco, como una columna rizada. Siempre que piensa en la madre piensa en ese olor, el chasquido del mechero y el brillo del gas. También en la punta de su lengua, en cómo la mantiene siempre un poco afuera, antes de expulsar el humo, como una criatura autónoma. Luego pasa un rato en que ella fuma y él mira el humo y a continuación ya no recuerda nada. Cuando se vuelve a despertar, está de nuevo en su cama, y la empleada le ayuda a ponerse el uniforme. La madre se ha ido, otra vez.

Esa tarde, piensa, le dirá lo del caballo. Esa tarde que aún están solos, la última antes de que vengan el hermano y el padre, le dirá que cuando llega de clase deja la mochila sobre la cama y baja corriendo por la escalera y cruza el comedor, le contará cómo pasa corriendo por el salón, las escaleras, la cocina, el cuarto de estar, cómo lleva semanas perfeccionando el juego y hace galopando a toda prisa la curva del pasillo, cómo frena luego, para no chocar contra la mesa del comedor. Se imagina la conversación. Las cosas que dirá ella y las que responderá él. Cómo se asombrará del juego. Aunque le pertenece a él más que a ninguno, es extraño cómo el juego aún pende de un hilo irracional, como si no existiera, sujeto a su aprobación o su censura. Pero cuando llega a casa se encuentra a la madre discutiendo con la empleada. Hablan no sabe de qué, la empleada dice que tiene que marcharse para atender una urgencia, la madre dice que no puede dejarla sola con el niño, y cuando dice «el niño» delante de él, siente una especie de escalofrío de indignidad. Al final, la madre la deja marchar, desanimada.

A ratos vislumbra su clase. Tan austera, tan fría en apariencia. A ratos le parece que la vida precisa demasiadas cosas que la madre no tiene y que eso siempre ha sido así. Es como si pudiera rozar la sensación de esa carencia pero luego no concluyera en nada. Cuando la empleada se marcha, la madre vuelve caminando al dormitorio y se deja caer sobre la cama como un árbol recién talado. A veces, cuando se quedan solos, les invade una torpeza extraña. Sucede también últimamente, como si olvidaran, más que el amor, qué iba primero y qué después. Él se acerca a la cama y se apoya en ella, con su cara muy cerca de la suya. Se sonríen. La habitación huele a esa densidad azucarada que a veces impregna el sofá y el armario y que nunca sabe si es los restos del perfume o el verdadero olor corporal de su madre, una especie de destilación.

—Nos hemos quedado solos —dice.

—Ya —responde él, tumbándose a su lado.

—¿Me haces un masaje?

Y él le hace un masaje, hasta que se cansa.

Juntos en la casa, sin la presencia del hermano y el padre, pueden permitirse ser un poco monstruos: no lavarse, no recoger, dormitar, como ahora, a media tarde. Nunca lo confesarán, por supuesto.

—¿No vamos a cenar? —pregunta él.

—Ah, cenar.

Pero no se mueve. Todo es más fácil en la oscuridad. Ella le acaricia la cara y él sonríe, ella se deja acariciar el pelo y él siente que hay algo de ella que solo es así con él, y está a punto de contarle lo del caballo, pero se retrae. Tiene también ganas de tocarle el pecho, esa forma oblonga que se abre tras el escote con tres pequitas marrones como un goteo de pintura, pero le avergüenza su propio pensamiento.

Luego la madre se levanta de la cama renqueante y van juntos hasta la cocina. No sabe ni por dónde empezar. Cuando por fin llega se queda allí, en medio de todo, con su vestido bonito. Vista desde abajo tiene un aspecto gracioso, como quien trata de entender un juego muy sencillo sin conseguirlo.

–¿Qué había de cena?

–Filete –dice él.

Luego la lleva él mismo hasta la nevera y saca el plato con el filete envuelto en papel encerado. Ella no tiene hambre, avisa, no va a cenar.

Él tampoco tiene hambre.

Pero él sí va a cenar, dice ella, convirtiéndose en madre de nuevo, y fríe el filete, quemándose un poco con las salpicaduras del aceite, maldiciendo, porque se mancha las manos.

Normalmente cena con el hermano en la cocina. El comedor es el reino de los padres, la cocina, el suyo. Se alegra de no haber contado lo del caballo. Habría pensado que sigue siendo un niño. Ahora la madre mira hacia la ventana concentrada y a él le cuesta tanto tragar los primeros trozos que tiene que cerrar los ojos. Luego, cuando mira a otro lado, aprovecha para taparse con la servilleta, sacar el bolo y tirarlo discretamente bajo la mesa. Con la empleada es fácil evadirse cuando algo no le gusta. Suplica dos o tres veces y ya está. Es fácil de chantajear. Con la madre, lo intuye, sería imposible. Es como si hubiera en ella una veneración excesiva a la comida. Además, se pone de manifiesto la energía antinatural de esa tarde. Una energía reposada, como si algo hubiese zarandeado a la madre hasta una desdicha que no sabe que siente. No lo comprende del todo. *La pongo nerviosa,* piensa, pero cuando enciende un cigarrillo ella explica que de pequeña odiaba la carne y que su padre le hacía tragar el filete; se sentaba delante de ella y le hacía tragar hasta el último bocado.

–¿Por qué? –pregunta él.

–Porque era caro, supongo. Nos moríamos de hambre.

Así es su madre. Dice cosas como esa: *Nos moríamos de hambre.* Y también: *No puedo soportar a la gente estúpida.* Y también: *Ya basta de sol.* Frases que contienen un pasado como un contagio, que retroceden, salpicando, hasta un lugar que no puede verse. Él no sabe qué hacer con ese *Nos moríamos de hambre,* conoce muchos recuerdos de la madre: el del mercado adonde iba a comprar garbanzos, el del barco, el de la bailarina que se rompió el tobillo. Antes distinguía esos recuerdos desde lejos, generaban entre los dos una complicidad inmediata y también un lenguaje, como un emisor y un receptor perfectamente ajustados, era maravilloso oír lo que sabía que iba a oír. Ahora es como si subieran el nivel del agua.

–No sé para qué te cuento esto, qué te importa a ti si me comía o no el filete.

–Sí me importa –dice él, huyendo hacia delante.

–Déjalo –responde ella mirando hacia el salón, concentrada.

–Sí que me importa.

–Qué te va a importar. *No os importa una mierda.* Él siente un escalofrío en todo el cuerpo. La madre nunca había hablado así. El episodio parece tan inverosímil que ni siquiera parece habérselo dicho a él, sino a algo lejano que ha quedado flotando junto a la puerta. ¿Lo ha dicho realmente? Ella misma parece sorprendida.

Afuera la noche cae sobre la tierra. Luego suena el teléfono y la madre acude aliviada, sin mirarle. Durante casi diez minutos la escucha a lo lejos. Hay largos momentos de silencio, alternados por un *estoy tranquila* con tono inverosímil. El tiempo que dura la conversación, él aprovecha para tirarlo todo bajo la mesa y cuando regresa la madre se fuerza por recuperar la compostura. Se da cuenta de que ella ha estado llorando y se ha secado las lágrimas. Tiene el rímel un poco corrido en el ojo derecho. No es la primera vez que lo sospecha, pero sí es la primera vez que lo ve. Es como si algo la desilusionara. Algo en su madre: como si algo ya no pudiera dominarla y ese sentimiento, lejos de implicar una libertad, supusiera una pérdida.

–Pues ya está –dice–, todos a la cama.

Pero, apenas ha terminado la frase, ve los restos de

carne bajo la mesa. Y hay todavía un margen, unos segundos en los que la madre podría evitar el precipicio.

—¿Por qué lo has tirado?

Él no puede contestar a esa pregunta, de modo que no contesta.

—Podrías haberme dicho que no querías cenar, antes de hacer esa porquería.

—Pero te lo dije.

—No repliques.

—Te lo dije.

Entonces salta:

—Mírame. Vas a comerte eso. Como que soy tu madre, vas a comerte eso.

Hay un silencio entre los dos. Es como si se hubiese arrepentido al instante de sus palabras, la madre. Como si la frase hubiese sido el castigo de ella, no el suyo. Ve cómo se agacha. Cómo se mete bajo la mesa con el plato en la mano y coge con asco cada uno de los trozos que ha ido masticando y tirando allí. Al levantarse se golpea con la cabeza en el pico de la mesa, lo que provoca en ella un gesto de furia casi nerviosa. De nuevo sobre el plato, los trozos masticados tienen un aspecto aún más terrible, pequeñas bolas de algodón mohoso.

—A comer —dice, como una amenaza imposible.

Tras la amenaza hay solo vacío, un vacío en el que van a caer los dos. Se enciende un cigarrillo más, sin dejar de mirarle y rascándose la cabeza en el lugar en el que se ha golpeado. Él siente la tentación de reír, la siente como la tentación de un piso catorce. Transcurren nueve interminables segundos.

–Solo uno –dice al final, sin rebajar la seriedad.

Y él responde:

–No.

Siente un zumbido en los oídos, el golpe de adrenalina es tan fuerte que apenas le deja respirar. Ni en la más audaz de sus imaginaciones habría sido capaz de responder algo así, ahora que lo ha hecho se ha zambullido en la lava.

–¿Qué has dicho?

Por un instante trata de dominar su mirada, pero la madre da un paso y él salta de la silla. En el último segundo siente que algo está a punto de atraparle, una especie de garra. Luego sube corriendo a la habitación y cierra con pestillo, la madre tras él. Al otro lado de la puerta se oye esa respiración nerviosa que conoce, ese tono a punto de quebrarse que pone la madre cuando va a perder el control. Pero luego no llama. Hay una bestia furiosa al otro lado de la puerta.

–Si no lo quieres para cenar lo tendrás para desayunar, ¿me oyes? O para comer, o para cenar de nuevo, hasta que te lo comas. ¿Me oyes?

Él se separa de la puerta, salta sobre la cama, hunde la cabeza en la almohada y la muerde con todas sus fuerzas.

¿Cómo han llegado hasta aquí? Hace solo unos minutos le estaba contando un recuerdo. Piensa que tal vez no ha pasado nada. Que quizá está en su cama sin más y acaba de morder la almohada, y no ha sucedido nada.

–¿Has oído lo que te he dicho? –insiste–. ¿Me has oído?

Y él grita con todas sus fuerzas:

—Pero ¡¡te lo dije!!

Ella se da media vuelta y baja de nuevo. Oye cómo se alejan los pasos. Igual que cuando llega el padre, los sonidos ascienden por el hueco de la escalera precedidos de un semirruido diminuto, cada cosa inevitablemente asociada a su ensayo. Y no sabe cómo empieza. Solo sabe que el pensamiento está ahí y que, por primera vez en su vida, se deja llevar por él. Y sabe también que cuando se mete bajo las sábanas, no se esfuma como otras veces, porque ahora no siente escrúpulos. ¿Quién era ese niño que jugaba a ser caballo? La sensación de ser mayor le devuelve un poco la calma, pero también le da frío. Ve la escena en su imaginación una y otra vez, la mitad del cuerpo de su madre bajo la mesa, lo ridículo de su postura, la forma en la que casi se le salió un zapato al agacharse, el golpe en la cabeza, el plato con los trozos masticados que ahora está, y seguirá estando mañana sobre la mesa de la cocina, ese plato que tendrá que desayunar, o comer, o cenar de nuevo.

Ojalá arda toda tu ropa, dice.

Es una revelación, el roce muy suave de una maquinaria que podría causar una herida terrible, la cortadora que vio en aquella fábrica, el cuchillo del pan, es el mareo que produce resbalar el dedo muy despacio por la cuchilla, sabiendo que bastaría un poco de presión para que se hunda en la carne.

Ojalá las moscas te cubran la cara y el pelo, ojalá te cubran la nariz, la boca, los labios, ojalá te cubran los agujeros de las orejas y de la nariz, y el pecho, y las pequitas marrones.

Ve su misma cara, la cara familiar que ha acariciado hace solo unas horas, pero ya transfigurada, suplicándole. Él esperará entonces, pensando que es demasiado tarde, que ya no puede hacer nada. Y ni siquiera hablará. No lo dice gravemente. No lo piensa gravemente. Le sorprende, por encima de todo, lo desapasionado que es su propio pensamiento, como si pudiera separar uno a uno todos esos rasgos de su madre. Cada uno de los centímetros de su cuerpo.

Ojalá no puedas sacarte un olor y ese olor se meta por tu nariz, y te manche el corazón, y los pulmones y las tripas y las cosas que hay dentro de las tripas y la comida que has comido y los glóbulos blancos y los glóbulos rojos. Y todos se darán cuenta y se volverán hacia ella. Olerá a vómito, a pescado podrido, a mierda. Y aunque quiera ya no podrá hacer nada, porque es demasiado tarde y ella le obligó a comerse la carne masticada.

Ojalá te salgan manchas en la piel, pero rojas, violetas, verdes, ojalá se llene de manchas tu espalda y tu cara y tus pies y tus piernas y tus rodillas y tu sobaco y tu culo. Ella, con sus colonias, sus lociones, sus lacas, sus cremas, sus ceras para depilar, sus pinzas para las cejas, sus lápices de ojos, sus barras de labios, sus combinaciones color marfil como una masa de pieles superpuestas, su ortopedia de la belleza.

Ojalá tengas miedo y se te ponga el pelo blanco. Y te metas en la cama y no puedas dormir. Ojalá sueñes con demonios y bichos que se te meten por el ombligo y lleguen a la tripa y cuando estén en la tripa se coman entre ellos. Como en aquella película en la que la protagonista gritaba y solo un segundo después ya era vieja, la misma actriz, tan bonita antes, pero ahora en vieja, sola y sin nadie. También ella morirá. Y él irá al cementerio. Tal vez con flores. Irá cuando sea verano, con un traje blanco como el de su padre. Ira y mirará el nombre de la madre con sus letras negras sobre el mármol gris veteado. Y no sentirá nada.

Al día siguiente la madre no sale de la habitación. Al principio parece solo una equivocación, pero enseguida se confirma. A él le basta detenerse unos segundos para que el pensamiento le cierre la garganta. ¿Dijo de verdad todas esas cosas? ¿Las dijo cerrando los dientes sobre la almohada o solo las soñó? La empleada le levanta como todos los días y le pone el uniforme del colegio, pero parece preocupada. En la cocina no está el plato con los restos del filete, solo el desayuno, un desayuno liviano, con el chocolate y las tostadas de todos los días. Hay pasos apresurados y llamadas de teléfono. Se oye la palabra «médico» varias veces y él tiene que irse al colegio sin saber qué ha ocurrido. Cada vez que recuerda el episodio nocturno es como si dos niños superpuestos tomaran posesión de él, el que dijo esas cosas, el que solo las pensó. Luego, cuando regresa a casa, ya ha vuelto su padre del viaje. Está la maleta en la entrada, y también su chaqueta y hasta su regalo encima de la mesa. Casi le avergüenza abrirlo, pero luego lo hace, por curiosidad. Es un libro de Julio Verne que ya tiene. El mismo que le regaló el mes pasado.

También el hermano vuelve esa tarde. Por lo menos

él es el de siempre, cuando le pregunta cómo le ha ido en la convivencia no le hace ni caso y sube a su cuarto, inconsciente de que ha sido él quien ha provocado todo. Se pasa la tarde sin saber qué hacer. Juega a ser caballo, pero como si algo hubiese desprovisto de alegría convertirse en animal, lo hace arrastrando un poco los pies, para no hacer ruido. Evita el dormitorio de sus padres. Pasa junto a la puerta y si no le ve nadie apoya la cabeza allí, sin llamar ni decir nada, asustado de su poder.

Y hay que cancelar el viaje. El viaje del comienzo de las vacaciones que iban a hacer a la playa dentro de una semana. Esa misma tarde, viene el médico y asegura que de momento no se puede ir a ningún sitio. Cuando el médico pasa a su lado hacia la puerta, el padre le acaricia el pelo y él piensa que no sabe lo que hace, que acaba de acariciar al traidor.

–¿Te ha gustado el libro? –pregunta.

Y él responde rápido que sí, por miedo a que, si dilata demasiado la respuesta, le den ganas de llorar. El padre vuelve a encerrarse en el dormitorio con ella y él cena con el hermano en la cocina. Luego el hermano se sienta a escribir. Parece ausente, pero en un silencio le pregunta qué sucedió el día anterior y él responde que nada.

–¿Qué le pasa? –pregunta él.

–¿A mamá?

–Claro.

–Mamá está enferma, idiota, ¿no te enteras o qué? No va al viaje, no va a ninguna parte.

Pasan dos días así, no podría soportar muchos más. Todo está silencioso, como si le delatara. A ratos, de noche, sube también por el hueco de la escalera el reverbero de una discusión. La voz de la madre suena enérgica, la del padre, más tenue. Luego hay otra visita del médico y, tras ella, por fin sale la madre de la habitación. Es una mañana de sábado, como cualquier otra, pero la convalecencia de la madre vuelve la casa estática, y a todos ellos, figuras danzantes. Él la evita desde el principio, cuando la ve, agazapado desde el hueco de la escalera. No saben reponerse. De frente la ve por primera vez a la hora de cenar y le parece que ella le esquiva la mirada. La madre todavía tiene un aspecto enfermizo. Él siente la furia abrasadora de la humillación, pero la mayor parte de la cena solo tiene ganas de llorar, unas ganas de llorar que no controla y que le hacen orbitar alrededor de la mesa como un electrón errante, hasta que su padre le dice:

–¿Por qué no te sientas un poco? ¿No ves que tu madre está mal?

Entonces se encierra en el baño y se muerde la mano. Cuando se mira en el espejo tiene el rostro hinchado, los ojos inyectados en sangre. Al regresar al comedor ya se han ido todos a dormir.

Sucede así: los dos días siguientes se mira en el espejo y dice: *Esa es la cara del traidor*. Abre las manos y piensa: *El traidor tiene las uñas cuadradas*. No importa que el hermano le diga varios días más tarde que la

127

madre se encuentra mejor, que el padre parezca más animado cuando lo ve el lunes, junto a la empleada, saliendo de casa para ir al colegio. Él sabe que todo ha sido por su culpa, que no merece piedad.

Tampoco importa que una de esas tardes vea a la madre a lo lejos en el cuarto de estar y ella le llame desde allí. Es como un instante de peligro, al pasar la ve sentada con el rabillo del ojo, y siente cómo dice su nombre, pero muy tenue, lo bastante como para no darse por aludido. Su propio nombre, pronunciado por la madre, le pone los pelos de punta y sale corriendo escaleras arriba y se encierra en su cuarto. Es como si alguien le hubiese inoculado un veneno: el de la verdad. Ahora que ya sabe quién es, no puede mirar a otra parte. Piensa que tendrá que marcharse de casa, que ya no recorrerá más las habitaciones pensando que es un caballo, ni mirará al padre escondido entre los abrigos. Piensa que será como ese hombre al que vio en la estación de tren y que se encargaba de acomodar a la gente en los vagones. Él y ese hombre serán camaradas a partir de ahora, proscritos, sin familia. Vivirán juntos y comerán lo que encuentren. Piensa que despreciará entonces esta casa y esta ropa, que de hecho ya está empezando a despreciarlas, que los rostros del padre y del hermano se irán desdibujando hasta desaparecer, y para confirmarlo mira con asco las cosas que le rodean, la colcha de cuadros amarillos y marrones, las estanterías con los libros de Julio Verne, la botella de cristal con las casas colgantes que su madre le dejó quedarse una vez, cuando aún se querían.

En el colegio se siente cada vez más tenso. ¿Qué le

importan esos? Él ya está muerto. Nunca había imaginado que fuese tan sencillo estar afuera. Se parece a la enfermedad, a que el cuerpo supure un olor, como si el deseo y esa sensación se confundieran en una sola cosa y ya no pudiera distinguir el uno de la otra. En uno de los recreos le invade el hambre del dolor. Nunca la había sentido. Le parece que comienza con un temblor de los nervios, y que luego se apodera de él. Se acerca a un chico de otro curso, uno que una vez le restregó un pan mojado por la espalda, y le escupe sin mediar palabra. Sabe que es una sentencia de muerte, pero solo adquiere conciencia de las repercusiones cuando ya lo ha hecho. El chico tarda un poco en reaccionar, se limpia la saliva de la cara, aún aturdido por lo que acaba de ocurrir, casi fascinado, y luego, como si algo en él comprimiera un resorte, le salta directamente encima.

Durante unos instantes la pelea le genera la ilusión de la pureza. El ceño fruncido del chico, tanto mayor que él, como un muro grande y grisáceo. Al menos la pelea es real. Le asombra ser capaz de encajar un golpe, y también que el puñetazo de verdad duela menos que el puñetazo pensado. Pero entonces el muchacho se pone a horcajadas sobre él y le agarra las muñecas con tanta rotundidad que su impotencia se vuelve dolorosamente notoria. Luego, jaleado por el corro que se ha formado a su alrededor, acerca mucho su cara a la suya, tanto que ve hasta los poros de su piel, los granos de la mejilla izquierda.

—¿Te crees muy chulito? ¿Te crees muy chulito, gilipollas?

Luego le escupe muy lentamente, dejando caer, casi a cámara lenta, la saliva sobre su boca.

Y él grita.

Es un tránsito, una humillación tan grande que no sabe qué hacer con ella. Durante toda la tarde, antes de volver a casa, cada vez que cierra los ojos ve el rostro del muchacho sobre el suyo, siente el sabor salino de su saliva. Le parece que está cubierto por una sustancia viscosa, que el episodio le ha rodeado con una brutalidad que no termina. Siente como si algo le hubiese herido en todos los flancos, no solo en el colegio, en la casa, en el lenguaje. En el colmo de la desdicha piensa que, si va a la madre y le pide perdón, si claudica, todo acabará para siempre, y ese pensamiento le otorga de pronto un respiro de esperanza. Se imagina la escena: llegará a casa, le dirá que es culpable, que dijo todas aquellas cosas en su cuarto y luego ella enfermó, le dirá que lo siente.

Sucede así: la empleada le recoge esa tarde en la puerta del colegio y emprenden juntos el camino a casa.

–¿Qué te han hecho en la cara? –pregunta.

Pero él no sabe cómo contestar a eso.

–¿Te han pegado? –insiste–. Verás tu madre.

Mientras camina piensa en todos los escenarios posibles, en las palabras que dirá. Imagina los lugares en los que tal vez esté la madre cuando llegue. Imagina todo: el abrazo, el perdón y el castigo. No cuenta con conmoverla de inmediato, pero sí con acabar haciéndolo. La emoción se prolonga en todas las combinaciones posibles, será como un día muy largo y muy difícil, y luego, tal vez, una suspensión, y luego otra cosa, como cuando en los libros se cambiaba de capítulo con un largo espacio estrellado, dando a entender que el personaje pasó muchos años en el exilio o le quemaron los ojos con un hierro candente.

Llega a esa hora de la tarde en que el jazmín se inclina con el calor y los vencejos quiebran el vuelo en ángulos imposibles. Le basta asomarse al recibidor para ver que su madre está en el jardín, como siempre que está a punto de bañarse en la piscina. Al principio está de espaldas, luego se quita la bata y se acerca al bordillo. Reconoce su perfil, el bañador burdeos. Él tira la cartera en la entrada y corre hacia ella. Grita: *Mamá*. Entra en el jardín justo en el momento en que ella se zambulle. Por un instante se le ocurre una idea bonita, una sorpresa, se pondrá al borde de la piscina y, cuando ella salga, le pedirá perdón.

Está seguro de que le ha visto: sintió que le miraba antes de saltar y ahora nada hacia él. Él vuelve a admirar la forma elegante de su brazada, la belleza de su cuerpo. Piensa: *Es mi madre*. Pero cuando llega hasta el bordillo, no emerge. Como una criatura que se retrae, un topo que se refugia en su guarida, cuando llega a su altura da media vuelta bajo el agua y se impulsa hacia el lado contrario.

El aire se extingue.

Se diluye el chirrido de los vencejos.

La luz se detiene.

131

No será perdonado. Lo sabe cuando ve alejarse a esa madre acuática. No le perdonará. Es como haber estado a punto de salvarse y sentir que se abre el abismo. Hay un instante de suspensión antes de caer, luego se da cuenta de que no puede hacer nada, y da media vuelta hacia la casa.

Sucede así: le parece que la casa se aleja de él, que es su angustia la que le impide llegar. Se desdobla la vieja pared en la que se abre la cristalera. El jazmín cabecea y a continuación se queda inmóvil. Hay un chirrido o algo parecido a un chirrido. Luego una detención, como si el mundo estuviera lleno de canales saturados, arterias minúsculas llenas de líquido y de pronto estancadas. No se puede mover. Mira las hortensias que están junto a la casa, también ellas inmóviles, igual que el vencejo que volaba junto al alerón y que ahora está fijo en el vacío, proyectando una sombra nítida sobre el muro. Y los sonidos en suspenso. Oye solo su respiración. Una respiración agitada que poco a poco va apaciguándose. Piensa que está de pie, que está cansado. Piensa que no va a poder aguantar mucho más tiempo, y al final se deja caer y siente que se apoya en algo rígido, su propio cuerpo. Prueba a decir: *Ahora moveré la mano,* pero la mano no se mueve. Prueba de nuevo: *Entraré en casa,* pero solo para llegar hasta la cristalera tendría que recorrer un espacio descomunal, pisar esa brizna verde oscuro para luego recorrer la otra distancia enorme que le separa del jazmín, para luego recorrer otra distancia semejante hasta la escalera. Piensa: *Esto es un castigo, el castigo que merezco*, pero no consigue llorar.

Pasa un tiempo difuso. Es como un miedo dentro de un miedo dentro un miedo y, en el interior de ese último miedo, una negación blanca. Ahí está él metido. Cuanto más difuso, cuanto más profundo, más le sorprende su horror, la seguridad de que ha provocado todo eso. Piensa: *Entonces, si no puedo moverme, haré el recorrido en mi imaginación, entraré en casa como si fuese un caballo*. Imaginarlo es, al fin y al cabo, lo único que puede hacer. Aunque no sale del jardín, imagina que avanza, sube las escaleras, alarga la mano para abrir la puerta de su cuarto, imagina que se tumba en la cama y que su cara hace todos los movimientos que le gustaría hacer, los del llanto, pero sin que el llanto llegue. Lo hace muy despacio una vez, o tal vez muchas, no sabe. Lo hace combinando todos sus recuerdos de ese tránsito: todas las veces que bajó por la escalera, las que salió de su cuarto, pasó por el salón, la cocina. Le parece ver la curva del pasillo que hay que hacer galopando deprisa, pero no está en la casa, sencillamente no sale del jardín. Luego todo ese mundo se multiplica. Piensa que cada vez que hace ese recorrido algo le obliga a mirar o transitar más cosas: el círculo de tierra seca junto a la maceta de la cristalera, la sombra con forma de cara que hace el borde de la puerta sobre la pared, el polvo en suspensión sobre la mesa del comedor, las vetas de la tercera silla de la cocina. Le parece, es extraño, que en ese tránsito hay también otras personas, gente que a veces le roza y cuya presencia siente como un murmullo. Es como si también ellos vivieran allí, en esa interrupción. Como

133

si compartieran todos una misma vergüenza. Algunos son amables, otros quieren saber cosas. Unos huyen de él cuando advierten su presencia, otros le preguntan quién es, por qué está ahí. Tienen miedo. A veces, para esquivarlos, basta con no prestarles atención, otras veces no cejan, le persiguen, y entonces tiene que esconderse en lugares que solo él conoce.

¿Cuánto tiempo está así? No sabe. Sus propios sentimientos se vuelven un poco ajenos. Piensa que triste no es lo contrario de feliz, ni quieto lo contrario de moverse. Por un instante se siente perdido en la casa, como en la visita a un museo infinito sin profesor ni guía. Luego siente que se reduce, que está dentro de un huevo, con el cuerpo pegado a una pared ósea. Algunas de esas personas quieren quebrar ese huevo, sacarle de allí, otras, misteriosamente, desean entrar en él. Como no sabe imaginarlos les pone caras que conoce: la de la empleada, la del hermano, les pregunta sus nombres. Si los piensa con mucha intensidad, también ellos parecen quedar fijos por un instante en la casa, repitiéndose en bucle como el resto de su familia, pero luego se desvanecen, tan pronto como deja de pensar en ellos. Una de esas personas le gusta más que los otros. Le gusta de una manera casi rendida, como si ella le hubiese elegido a él en vez de él a ella. Un día le hace un dibujo, otro le pide que se corte el pelo. Es ella, sobre todo, la que más le habla. A ratos tiene la sensación de que puede tocarla, tocarla como tocaba antes. Le enseña la langosta de su cuarto, hasta le hace un masaje. A veces se va y él le pide que regrese. Otras veces su voz no es más que un murmullo en la casa detenida. Y en-

134

tonces piensa que si confía en ella todo irá bien, no le importará estar en ese jardín para siempre, frente a la sombra recortada del vencejo sobre el muro. Y ahí llega el pensamiento.

Sucede así: al principio es muy leve, casi un germen. Está con la chica de pelo corto y le parece que hay algo que puede agarrar. No sabe si nace de ella o de él. Sabe, sí, que está entre los dos, como un vínculo. Siente también que, si tira de ella, podrá salir del jardín y regresar a la casa. Es como si hacerlo fuera a quebrar una resistencia precaria.

Lo que llega a continuación no es tanto una vergüenza, menos aún un remordimiento, es un estupor. Le parece que la chica se aleja de él, y también que su amor por ella es como un animal pequeño, enjaulado, algo que ha llegado por azar, y que por ese mismo azar está condenado a extinguirse. Ella le zarandea y dice algo que no comprende, luego le pone la mano en la mejilla y cuando se da media vuelta está seguro de que no volverá a verla, que regresa a su vida. Le gustaría decirle adiós, pero no puede. En vez de eso, se le eriza toda la piel. De agradecimiento, quizá, o de no poder alcanzarla, no sabe. Solo ve su espalda descendiendo por la escalera y a continuación siente que se le hinchan los pulmones. Está de nuevo en el jardín. Vuelve a ser caballo, siente el roce de la ropa y la tonicidad de los músculos. La luz vuelve a quemar en los brazos y las piernas. La calma impone su aprendizaje, un aprendizaje sencillo, del cuerpo.

No es culpa mía, piensa de pronto.
Recorre la distancia hasta la brizna de hierba oscura y la cristalera. Entra en la casa. La sombra atraviesa una por una todas las habitaciones. Cruza el cuarto de estar, siente la firmeza de los escalones y al llegar a la habitación salta directamente sobre la cama.
Ya no tiene sentido llorar.
Obedece a cada uno de esos movimientos con una tranquilidad extraña.
–*No es culpa mía* –repite.
Y al final es la otra voz la que escucha. La de su madre. Dice su nombre desde el jardín. Su nombre, liviano y repetido. No hay animadversión ni impaciencia, solo la dulce resistencia habitual, esa incapacidad de los dos en la que nadie da su brazo a torcer. Por primera vez le hace sonreír que sean así, que no puedan ser de otra manera. Su madre repite su nombre. El tono es tan tímido que casi salta de alegría, pero luego recuerda que ya no es un niño. Y lo que había sucedido antes de la inmovilidad, lo que únicamente había quedado cubierto por ella, lo verdadero, le parece que avanza de pronto en ese espacio diminuto. Esa ligazón entre los deseos y la realidad. Eso y también todo lo demás, el jardín, su familia, el miedo, lo entiende de una manera sencilla y también un poco banal, como se ve el mundo tras la pesadilla, cuando todo recobra su dimensión objetiva. Decide entonces esperar un poco, solo un instante, lo suficiente para asegurarse de que le llama una tercera vez.
Y así sucede: echa un vistazo por la ventana.
–Manuel –dice.

Está allí, envuelta en la bata y mirando hacia arriba, con el pelo empapado, como un muchacho. A veces es casi fea, entonces la quiere más, como si ella fuera la hija y él el padre. Trata de no sonreír.

–¿Bajas o qué? –pregunta.

Y él responde despacio, impostando un poco la voz:

–Ya bajo.

AGRADECIMIENTOS

Escribí este pequeño libro durante un largo periodo de crisis. Tal vez, a su manera, todos los libros sean eso, el resultado de una crisis. Durante su transcurso, en el que hubo dos traslados internacionales y una buena dosis de incertidumbre, entendí eso que decía Clarice Lispector de que el acercamiento, a lo que quiera que sea, se hace de modo gradual y penoso, atravesando incluso lo contrario de lo que uno creía buscar. Pero yo tengo que añadir también otra cosa: si hubiese estado solo nunca lo habría terminado. La idea germinal me había acompañado desde hacía casi una década, pero fue Carmen M. Cáceres quien me hizo entender que en realidad trataba de algo bien sencillo: *una persona ayuda a otra.* Como no es infrecuente en los escritores, yo mismo no había llegado a entenderlo porque tenía la mente demasiado ofuscada en hacer literatura. Ahora está hecho y es sencillo, y está bien que sea así. Los descubrimientos importantes a veces tienen también la engorrosa virtud de parecer una *boutade.*

Tampoco sería el mismo si no me hubiesen ayudado con su talento unos amigos que leyeron, en versiones mucho más tentativas que esta, el encuentro de una mujer y un niño que se acompañan. Va mi agradecimiento a Modesto Calderón, Mariana Enriquez, Alberto Pina, Irene Vallejo, Juan Gómez Bárcena, Silvia Sesé, Rafael Llano, Tomás Muñoz y María Lynch. Felipe Martínez y María Vutova nos dejaron su casa de Madrid durante un mes en que por fin conseguí terminar una madrugada de septiembre el primer borrador. Carmen M. Cáceres, más que una ayuda, es el hilo dorado de esta historia.

ÍNDICE